Renier-Fréduman Mundil

Roxanna

Das verhängnisvolle Geheimnis der Mordbücher

AF187325

Renier-Fréduman Mundil

Roxanna

Das verhängnisvolle Geheimnis der Mordbücher

Kriminalroman

Impressum

Bibliografische Information der Deutschen Nationalbibliothek:
Die Deutsche Nationalbibliothek verzeichnet diese Publikation in der Deutschen Nationalbibliografie; detaillierte bibliografische Daten sind im Internet über http://dnb.dnb.de abrufbar.

Covergestaltung: Ilka Cierpka, CIERPKAGRAFIK

Herstellung und Verlag: BoD – Books on Demand, Norderstedt

ISBN: 978-3-749429943

Inhalt

Am Anfang ein Mord, wie es sich in einer Kriminalgeschichte gehört, eine etwas skurrile Kommissarin, Ereignisse, die sich in Rom, England, Frankreich zutragen. Eine Geschichte, die ins Mittelalter zurückspringt, auf zwei Gleisen verläuft, zwei verdächtige Frauen sowie ein toter Mann, der eines nachts unvermittelt vor einer der beiden Verdächtigen auftaucht. Natürlich lebendig, jedenfalls kurzzeitig. Mordmotive, die ihr Geheimnis nicht preisgeben wollen und der gleichzeitige Tod beider Verdächtigen, die zu allem Übel des Verstehens absolut als die Einzigen für das/die Verbrechen in Frage kommen. Eine verheddderte kriminelle Schnur, die durch emsiges Bemühen zwischendurch teilweise entknotet scheint - nur um im nächsten Augenblick noch verworrener in den Händen zu liegen und am Ende schließlich doch, scheinbar schnurgerade entknotet, vor einem zu liegen scheint.

Vor ihr lagen mindestens siebzig tote Jahre. Der Tod hatte alles gefressen, mit Haut und Haaren, nicht ganz, zurückgeblieben war eine alte graue Hülle.

Die unbeschwerten Jahre einer Kindheit mit dem Vorrecht, in dem herrlichen Anwesen aufzuwachsen – weg, vom Tod verschlungen. Die spannenden Jahre in der Schule und später im Internat. Das abenteuerliche Durcheinander der Pubertät – weg, vom Tod verschlungen.

Die Begegnung mit dem ersten Freund, die pompöse Hochzeit, die anfangs überglücklichen ersten Jahre der Ehe - weg, vom Tod verschlungen. Die späten Jahre der Witwenschaft nach dem Tod des Ehemannes – weg, verschlungen vom Tod, einschließlich der vielen Erinnerungen der Toten an ihren Mann und ihre Tochter M.

Das später Aufflackern der Lebensflamme durch die Bekanntschaft mit einem Boten, die von einem Boten buchstäblich ins Haus getragene Liebe, aufgefressen vom Tod. Alles verschwunden. Bis auf die graue Hülle. Alles grau, angefangen von den Haaren, früher ein ebenholziges schneewittchenhaftes Pechschwarz. Grau die faltige Haut, die Zehennägel, offengelegt durch die leichten Sandalen, grau, gestreiftes dunkles Grau.

Roxannas Lebenserfahrungen reichten mühelos, sich die graue tote Hülle als elegante, beinahe hochgewachsene feine Frau mit leicht gelockten, pechschwarzen Haaren, mit einem eleganten Gang, mit einem aufrecht getragenen Haupt, sich das alles vorzustellen. All dies war die Tote einmal gewesen. Jetzt lag sie als graugewandte, erstarrte kalte Hülle vor ihr auf dem Boden.

Ein gewaltiger schwarzer Schatten schwerte auf der südlichen Seite des prunkvoll majestätischen Gebäudes. Pittoreske Figuren thronten auf marmornen Sockeln des Prachtbaus, ihre vom gleißenden Sonnenlicht durchsetzten0#ä##ä#0 Gesichter verschwanden auf dem wertvollen Erdboden im riesigen Schatten der Kuppel, allenfalls an wenigen Stellen der schwarzen Fläche bildeten sich punktförmige Ausbuchtungen als irdener Ausdruck der zwischen Erde und Himmel schwebenden Figuren. Ihre ausladenden Füße, kaum vom steinernen Gewand verdeckt, waren kunstfertig an den Sockeln der Türme fixiert, eine unsichtbare Macht kettete die Statuen an ihre steinernen Fundamente, ihr Davongleiten in den Himmel zu wehren. Ihre Bedeutsamkeit barg sich prunkvoll, doch zugleich unaufdringlich, in ihrer äußeren Gestalt, die miniaturisierten Bewohner der Stadt gemahnend, jeden Tag ihres Daseins an die Visionen eines himmlischen Reiches zu denken.

Auf einem üppig ausstaffierten Balkon, balustriert mit nackten weiblichen Abbildungen, von fremdartigen Wesen umschlungen, saß der mittelalterliche Patron.

Die Wucht seines Leibes floss übergangslos in die drohende Erhabenheit des Gebäudes, von Zeit zu Zeit unterbrach der hektische Gang eines herbeieilenden Dieners die Ruhe der gefangenen Zeit.

Der Patron hielt ein goldumschweiftes Fernrohr in seinen wulstigen Händen, das er im Winkel der Sonnenstrahlen auf die Erde gerichtet hatte.

In den Prismen des Glases zerteilte sich das Abbild einer nackten Frau, schwirrte durch den dunklen Gang des Fernrohres und verschwand mit süßlichen Duftströmen im Auge des Patrons.

Hinter der nackten Frau war vor Jahren eine ärmliche Hütte aus dem kargen Boden eruptiert, nichts hatte sich an ihr im Laufe der Jahre geändert bis auf die zersetzenden Spuren der Zeit, die zerstörenden Bakterien gleich am Gebäude nagten, es als fauligen Unrat in den unermesslichen Leib der Mutter Erde rückgleiten zu lassen.

Das Auge des Patrons ruhte lange auf dem nackten Frauenkörper. Gewöhnliche Arbeit verrichtete die Frau, unterschiedlich, wie es der Alltag gebot. Bei den hausarbeitlichen Verschaffungen nahm ihr Körper ständig wechselnde Haltungen ein, fortlaufend richteten sich dadurch andere nackte Stellen ihres Leibes in die Höhe, wiederum parallel zu den vom Himmel stürzenden Sonnenstrahlen, diesmal nur in unterschiedliche Richtungen.

Das Läuten der gewaltigen Glocke, in derem Inneren die armselige Hütte genügsam Platz gefunden hätte, ließ den Patron das Fernrohr beiseitelegen. Feine Schweißrinnen hatten sich in seinen Handflächen gebildet, verwechselten das Ende des Fernrohres mit einem stinkenden Abfluss und überzogen das kunstvoll gearbeitete Glas mit einem dünnen, schleimgleichen Film.

Richten Sie das Bettlager, befahl der Patron seinem zur Linken aufgestellten Diener, dazu das Mahl, ich werde es im Bett einnehmen.

Mit neiderfülltem Gesicht eilte der Angesprochene davon, entglitt dem prunkvoll balustrierten luftigen Ort und verschwand in den kühlen Gemächern. Wenige unbeobachtete Augenblicke hatte er selbst sein Auge durch das Fernrohr gleiten lassen, auf denselben Punkt, dasselbe Geschehen gerichtet, denn es wiederholte sich von Tag zu Tag, bereits seit mehreren Wochen.

Ein grauer Umhang, in seiner Fülle das rotgesprenkelte Haar fortschreibend, glitt von den schmalen Schultern des Frauenkörpers und netzte mit seinem Saum den Boden. Zwei funkelnde Augen brachen aus dem dichten Haarkranz ans sonnengeschwängerte Tageslicht und sprangen durch den weitausladenden Saal. Vor dem Bett machten sie Halt. Auf seidenüberzogenen Federn ruhte die massige Gestalt des Patrons, faltengeworfene Haut hielt mühsam die Fülle der Eingeweide zusammen. Neben dem Bett verströmten die kärglichen Reste des aufgezehrten Mahles letzte süßliche Gerüche, seltsam die nackte Gestalt des Patrons mit dem grau umwandeten schmalen Frauenkörper verbindend.

Auf ein Zeichen des Patrons eilten Diener in den Saal und entzogen der weiblichen Haut die Reste der grauen Hülle. Ihre Blicke verrieten das Unvermögen, die Situation mit ausreichend Verständnis zu begreifen. Der Verstand der Frau war wirr, in seiner gewaltigen Bizarrheit nicht im Geringsten der überströmenden Schönheit hinterherstehend.

Freundlich winkte sie der Patron näher. Die Kunstfertigkeit seiner Ärzte durchstreifte in diesem Augenblick seinen Sinn, die mit einer leicht ätzenden Flüssigkeit den fruchtbaren Schlauch der Frau versiegelt hatten. Der Patron stöhnte gleichgültig auf. Schwer lag das Mahl in seinen Gedärmen und begann, der Schwerkraft folgend, nach unten zu wandern. Doppelte Anstrengung brauchte es seinem altgewordenen Leib, in Höhe des

Nabels teilte sich der Blutfluss, eine ausgedehnte Hälfte strömte in die prall gefüllten Eingeweide, die andere Hälfte des rotgetränkten Lebenssaftes floss noch ein Stück abwärts.

Eine Stunde später betraten zwei Diener den Saal und trugen die schlafende Frau nach draußen.

Dem Patron ekelte es, wenn der samt röchelnde Frauenleib sich in der Bewusstlosigkeit des Schlafes an ihn schmiegte.

Die Erschöpfte erwachte erst wieder in ihrer Hütte, manchmal rückkehrte ihr schlafversunkener Rückweg über das Zimmer des Dieners, der bei günstiger Gelegenheit mit dem Fernrohr seines Herrn die Hütte nach dem nackten Frauenkörper absuchte. Als die Frau erwachte, sah sie den reich gedeckten Tisch. Unsichtbare Hände, dem Patron unterstellt wie jede sich in der Stadt bewegende Hand, hatten den Tisch gefüllt. Nachdem der Schlaf gewichen, stürzte sich die Frau auf die bunt gewordene Tafel und schlang gierig die ausgebreiteten Köstlichkeiten in sich hinein. Zur selben Zeit, fünfzig Meter höher, dem Himmel näher, ruhte der erschöpfte Patron dem nächsten Tag gegen.

Nehmen wir an, nehmen wir einfach an, Sie leben noch. Liegen nicht auf dem Boden, Ihre Augen nach unten, in die kalte Erde gerichtet. Ihr Blick geradeaus, etwas, sagen wir besser jemanden, verstehen Sie, jemanden müssen doch ihre Blicke begegnet sein. Nehmen wir an, diese Person war wie Sie, ich meine weibliche Grundstruktur. Lassen Sie uns über das Alter sprechen. Nicht Ihr Alter, ich meine, nehmen wir an, diese Person war jünger als Sie. Keine schlechte Vorstellung. Es stellt sich die Frage, wie viel, wie viele Jahre war diese Person jünger. Fassen wir zusammen: eine weibliche Person, jünger als Sie, vielleicht fünf, sagen wir besser sechs, sechs Jahre jünger als Sie. Sie können mir widersprechen, wenn es nicht zutrifft.

Ist Ihnen nicht gut? Der junge Polizist sah die Kommissarin an. Seltsames Wesen, führte Selbstgespräche.

Mir ging es selten besser, erwiderte Roxanna, und Selbstgespräche, in meinem ganzen Leben habe ich kein einziges Gespräch mit mir geführt. Ich wüsste nicht einmal, wie ich mich anreden sollte.

Aber Sie haben sich doch eben unterhalten, unterbrach der junge Beamte, und außer der Toten ist hier niemand.

Ich unterhalte mich immer mit dem Opfer. Kennen Sie einen besseren Zeugen? Ich jedenfalls nicht.

Junges Gemüse von der Polizeischule, murmelte Roxanna in sich hinein. Mit totem Lehrbuchwissen den Tod überlisten.

Tun Sie mir einen Gefallen, sagte Roxanna in einem bestimmenden Ton. Ich unterhalte mich mit anderen am liebsten in gleicher Augenhöhe. Sie verstehen?

Der junge Polizist verstand natürlich nicht. Aber noch bevor er zurückfragen konnte, war sein Kollege vorgeprescht, bückte sich, griff mit beiden Armen unter die Tote und zerrte den langsam erstarrenden Körper in einen Sessel, genau Roxanna gegenüber.

Sie müssen noch viel lernen, junger Mann! Roxanna fuhr den Frischling von der Polizeiakademie an.

Ihr Kollege, sehen Sie, was zehn Jahre Berufserfahrung ausmachen! Sie wandte sich wieder an den Älteren der beiden.

Seien Sie so nett und drücken Sie der Toten ein Glas in die Hand. Wasser reicht. Ich glaube, sie merkt den Unterschied zwischen Wasser und Whisky nicht mehr. Es könnte eine lange Unterhaltung werden. Ein Glas Wasser ist gut gegen ihre trockene Zunge. Whisky, säuselte Roxanna, um gleich darauf lauter zu werden, Whisky, da wir gerade von Alkohol sprechen: War die Tote frühkonserviert?

Sie meinen Alkoholikerin?

Ich meine frühkonserviert, genauso, wie ich es gesagt habe.

Die beiden Polizisten schüttelten den Kopf. In jedem zweiten Zimmer gab es ein Bar. Im Schlafzimmer eine Minibar, wie im Hotel. Die Flaschen waren kaum angebrochen.

Keine Weggefährtin!

Bei diesem Wort biss sich der ältere Polizist auf die Lippen. Zu spät. Es war ihm versehentlich herausgerutscht, er hätte im Boden versinken können.

Roxanna fixierte ihn. Blitzschnell griff sie nach einem Glas, mit glockenreinem Klang zerschellte es vor seinen Füßen.
Verschwinden Sie, fauchte sie den Unvorsichtigen an. Das nächste Glas landet an Ihrem Kopf. Und wissen Sie, mit zwei Toten auf einmal kann selbst ich mich nicht unterhalten.

Beide Polizisten verließen fluchtartig das Wohnzimmer, in dem sich behaglich der Tod ausgebreitet hatte. Nichts von dem, was sie über die Kommissarin gehört hatten, hatte sich bestätigt. Es war ungleich schlimmer als in ihren ungeschminktesten Erwartungen.

Ruhig wie die Hand eines Liebenden, schwebte die Seine durch die Stadt. Dem Traum entrissene melancholische Akkordeonklänge tropften vom Flussufer ins träge Wasser. Einzelne Barkassen, mit Girlanden umwickelt, ließen sich von der schwächlichen Strömung forttragen. Lachende Gespräche durchpflügten die Luft, prallten gegen die Spaziergänger am Ufer und verschwanden durch die geöffneten Ohren in den Köpfen der Menschen.

Hinter der nächsten Flussbiegung zwängte sich die Seine durch weiße Sandstrände. Strandkörbe, gefüllt mit kiloweise ausgezogenem Fleisch, betupften den Strand. Nach dem Sonnenbad lag es als gerötete oder bereits gar gebräunte Körper, an wenigen Stellen notdürftig mit streifenförmigen Stofffetzen umwickelt, als gelte es, die Körper vor dem Auseinanderfallen zu bewahren, in der hellen Sandpanade.

Mindestens einen Meter lang waren Michelles schwarze Haare. Sie hatte damit kunstvoll ihren Kopf geschmückt. Auf der langen aber zierlichen Nase machte sich eine überdimensionierte Sonnenbrille breit. Dahinter zwei blaue Mauritius, die wertvollsten Augen der Stadt. Der übrige Körper war von einem weiten Badekleid verdeckt, an wenigen Stellen brach eine samtene ebenmäßige Sonnenbräune hervor. Feingliedrige Füße steckten zur Hälfte im Sand, wo sie die Kälte des Bodens aufsaugten und in den überhitzten Körper weiterleiteten.

Michelle Denatielle, wenn ich mich nicht irre.

Sagen Sie einfach Michelle. Denatielle, wer hört schon gerne Denatielle.

Oui, oui, Michelle. Darf ich mich zu Ihnen setzen?

Ich kann es ihnen nicht verwehren. Über mehr als den Quadratmeter Boden, auf dem ich liege, kann ich hier nicht verfügen.

Es macht nichts, sagte der Besucher, jedenfalls, dass es hier nur ein Quadratmeter ist. In der Stadt soll Ihnen das Land hektarweise gehören.

Ich habe mich nicht darum gerissen. Aber wenn es niemand haben will. Sehen Sie, Land will besessen werden. Dieses Gerede von freiem Boden. Zeigen Sie mir eine Hand voll Erde auf dieser trostlosen Kugel, die nicht danach schreit, in Besitz genommen zu werden. Weil irgendwann der Nächste kommt. Schon ist der Streit da und das Blut fließt. Sehen Sie, hinterhältig ist dieser Klumpen Erde. Verspricht sich mehreren, nur um irgendwann ihr Blut aufzusaugen.

Philosophie auf der Sorbonne, nehme ich an. Wie lange haben Sie dort studiert?

500 Jahre Mittelalter. Interessant. Der beste Lebensabschnitt eines Menschen. Also auch der Geschichte. Studieren Sie das Mittelalter, wenn Sie etwas über sich und die anderen acht Milliarden zweifüßigen Körper wissen wollen.

Der Fremde schaute auf die Frau hinab. Sie entsprach hundertprozentig dem Bild einer jungen wohlhabenden Frau, die es nicht nötig hatte, zu arbeiten, durch eine wohlgemeinte Erziehung von der Sphäre protestierender Studenten ausgeschlossen, gelegentlich auf nichtssagenden Partys pendelte, auf der Suche nach dem besten Verfahren, einen Tag möglichst schnell hinter sich zu bringen.

Romana Vatikana, sagte der Fremde unvermittelt, wie aus dem Zusammenhang gerissen.

Die junge Frau fuhr hoch. Mit glasigen Augen starrte sie dem Fremden ins Gesicht.

Ich habe Sie mir anders vorgestellt, brodelte sie mit trockenem Mund. Südländischer, italienisch, ganz anders.

Dafür entsprechen Sie völlig meinen Erwartungen. Sehen Sie, es gleicht sich aus. Sie 0 %, ich 100 % erfüllte Erwartungen. Macht für jeden 50 %. Keine schlechte Quote.

Vielleicht, stammelte Michelle. Lassen Sie uns gehen. Mein Appartement ist keine 200 m von hier. Ich habe eine Menge Fragen an Sie.

Der Fremde nickte. Antworten war sein Beruf. Es ließ sich davon gut leben. Nicht genug, um zweihundert Meter vom Seineufer entfernt ein Appartement zu besitzen. Aber immerhin noch ausreichend, anstatt 40 Jahre lang tagaus und tagein hinter einem grauen Fabriktor zu verschwinden.

Beide entglitten dem weißen Strand, ließen die träge röchelnde Seine hinter sich, langsam erstarben die Gespräche auf den Barkassen und die beiden Punkte verschmolzen mit einem Appartement in der fünften Etage der ruhigen Straße, Blick auf die Seine inbegriffen.

Nach dem dritten Whisky brach Roxanna die einseitige Unterhaltung mit der toten Madame Richaud ab. Sie hatte genug erfahren, nicht ausreichend, um den Fall zu lösen, aber mehr, als sie normalerweise in solchen Unterhaltungen von den Opfern herausholen konnte. Mit erstarrtem Blick, aufgeschäumt durch einen Schuss melancholischer Traurigkeit, sah die Tote sie an. Roxanna stellte sich auf ihre schmalen Füße und strich ihren Rock glatt, durch aufgeworfene Falten war er ihr doppelhandbreit - Männerhand, was sonst - über die Knie gerutscht. Jetzt endete er einen Zentimeter oberhalb der sich leicht hervorwölbenden Kniescheibe. Roxanna nahm einen letzten Schluck Whisky, verdammt gutes Zeug, ihr Urgroßvater hätte es nicht besser schwarzbrennen können. Dann zog sie der Toten das Glas Wasser aus der Hand. Es hatte sich keine Spur geleert.

Als sie sich umdrehte, stand ein junger Mann hinter ihr. Sie besaß keine Vorstellung, wie lange er bereits im Zimmer war. Ein gepflegter Dreitagebart bewuchs das Gesicht des Mannes, seine feingliedrigen Hände fuhren nervös übers Gesicht.

Verzeihung, die Tür war offen.

Welche Tür? fragte Roxanna.

Der Eingang. Ich meine vorne. Der Haupteingang. Na eben die Haustür.

Roxanna spürte die Nervosität des jungen Mannes. Erst jetzt bemerkte sie die flache Schachtel in seiner Hand, süßlicher Zwiebelduft entströmte dem Karton.

Ich bringe die Pizza für Madame.

Sie kommen zu spät, antwortete Roxanna knapp.

Zu spät? Ist Madame schon verreist?

Verreist? Wohin wollte sie fahren?

Ich weiß nicht. Sie wollte immer wegfahren. Nur nicht zu Hause bleiben. Manchmal hat sie sich eine Pizza bestellt, nur für den Weg zum Flughafen. Den nächstbesten Flieger nehmen.

Der Mann schien vertrauter mit der Verstorbenen als es für einen Pizzaboten üblich war. Vielleicht bot er auch andere Dienste an. Roxanna musterte ihn. Geschmack besaß die Tote, das musste sie ihr lassen.

Was bringen Sie denn? fragte die Kommissarin unvermutet.

Pizza mit Salami und Peperoni. Ohne Zwiebeln. Sind in einer Extraschachtel. Sie hat immer dasselbe bestellt.

Pizza mit Salami, wiederholte Roxanna. Seit morgens hatte sie nichts in den Magen bekommen. Und ein Beweismittel war die Pizza ohnehin nicht.

Packen Sie aus, sagte sie trocken, ich hole uns etwas zu trinken. Habe einige Fragen an Sie. Außerdem haben Sie Hunger. Ich sehe es Ihnen doch an.

Der junge Mann folgte lautlos ihren Anweisungen, während Roxanna im Esszimmer verschwand. Sie öffnete eine reich verzierte Vitrine und befreite zwei handgeschliffene Gläser aus ihrem goldenen Glaskäfig. Das Zuschlagen der Tür mischte sich mit einem dumpfen Aufprall aus dem Nebenzimmer. Eilig lief sie zurück. Auf dem Boden lag der Pizzabote, leblos, ein Teigstück steckte noch in seinem Mund.

Verdammt, schoss es ihr durch den Sinn. Die Pizza war für die Tote bestimmt. Wer bringt denn jetzt sogar die Toten um. Kurz danach stürzte sie zu Boden, zog dem Leblosen das aufgeweichte Pizzastück aus dem Rachen und stieß in rhythmischen Bewegungen ihren verbrauchten Atem in den leblosen Körper.

Während einer kurzen Pause griff sie zum Handy:

Roxanna hier, schicken Sie sofort einen Krankenwagen. Und einen Leichenwagen.

Dann stützte sie ihre wiederbelebenden Hände erneut auf das Brustbein des Anderen.

Mal sehen, welcher Wagen schneller ist, murmelte sie sarkastisch. Sollte mir ein bisschen mehr Mühe geben. Ich glaub, der Pizzakerl könnte mich ein Stück voranbringen.

Als die beiden Wagen eintrafen, wurde es für Roxanna Zeit, den Ort zu verlassen. Die Unterhaltung mit der Toten war unter dem Strich vielleicht doch weniger erfolgreich verlaufen als erwartet, trotzdem hatte sie mehr brauchbare Hinweise gewonnen als bei einer aufwändigen Befragung aller Nachbarn im Umkreis von einem Kilometer.

Noch einmal kehrte sie ins Zimmer zurück, einen letzten Blick auf die Tote zu werfen. Welch ein bürokratischer Wahnsinn. Der von ihr gerufene und zuerst eingetroffene Leichenwagen durfte nur eine Person, den Pizzaboten mitnehmen. Die Frau wurde erst in eineinhalb Stunden abgeholt.

Tut mir leid, dass Sie warten müssen, sagte sie zur Toten. Nehmen Sie es von der positiven Seite. Eine Stunde länger in ihrem kleinen Palast anstatt in der engen Kühlbox.

Übrigens, ich werde mein Bestes geben. Sie profitieren zwar nicht mehr davon, dennoch, ich werde mein Bestes geben.

Dann verließ sie die Tote. Erst einmal würde sie in Harrys Bar gehen, die schöne Pizza war ihr vergönnt geblieben und ihr Magen rumorte kräftig. In Harrys Bar gab es den besten verrauchten Salat in der ganzen Stadt, Tomaten, gedünstet in Nikotin, die Artischocken mit einer dünnen Alkoholfahne überzogen, die Muscheln mit einem Anflug von Schweiß der über 100 Gäste.

Sie hatte nie erlebt, dass weniger als 100 schwatzende, keifende Köpfe die Spelunkenhöhle bevölkerten.

Hi Roxie, wieder von den grauen Tomaten?

Roxanna nickte dem Wirt entgegen, zwei Meter Männlichkeit, breit genug, um jede Tür auszufüllen. In seinen Händen waren die Gläser nichts anderes als Fingerhüte, die Teller allenfalls kleine Porzellanchips.

Lassen Sie mich schätzen, sagte Harry. Vier ist zu hoch, zwei vielleicht. Nein zwei ist zu wenig. Drei, ich wette, Sie haben heute drei Mordfälle dazubekommen.

Einen ganzen und einen halben, schüttelte Roxanna den Kopf. Eine Frau, die mausetot ist – dabei dachte sie unwillkürlich an die kleine graue Maus, die manchmal durch ihre alte Wohnung huschte – und einen Pizzaboten, der im Leichenwagen auf dem Weg zum Krankenhaus ist. Ziemlich daneben heute, Harry.

Der Wirt pflichtete ihr bei.

Auch nicht mein Tag. Dafür ist der Salat umsonst. Aber Sie trinken doch einen? Ich muss auch von etwas leben.

Nicht von meiner Leber, lachte Roxanna. Die Tote hat mir drei Whisky spendiert. Harry, das reicht für heute.

In der äußersten Ecke der Bar hockte eine hagere Gestalt. Schmal wie ein Brett, zusammengeklappt wie ein Taschenmesser, einen speckigen Hut weit ins Gesicht gezogen. Roxanna fiel der Fremde sofort auf. Nie zuvor hatte sie ihn gesehen. Ihr Instinkt verriet, dass bei ihm etwas zu holen war. Unmerklich bückte sie sich vor.

Hey Harry, dieser Typ dahinten. Wissen Sie etwas über ihn?

Ein Verrückter, antwortete Harry. Noch nicht lange hier. Dafür jeden Tag von morgens bis abends. Immer einen Stapel Bücher auf dem Tisch. Papstgeschichte. Liest von morgens bis abends alles über die Päpste. Naja, ist mir egal, Hauptsache er isst und trinkt reichlich. Ob Sie's glauben oder nicht, das tut er wahrhaftig. Frühstücken, Mittag, Kaffee, Zwischenmahlzeiten. Wenn der nicht liest, isst er. Würde man gar nicht glauben, wenn man ihn sieht.

Roxanna nickte. Ich setze mich zu ihm. Ist sowieso kein Platz frei.

Schon gut, erwiderte Harry. Aber geben Sie Acht, dass er ihren Salat nicht vertilgt. Ich garantiere für nichts.

Die Kommissarin verschwand. Gleichgültig wankte sie durch den Raum, erst vor dem Tisch in der äußersten Ecke machte sie halt.

Verzeihung, darf ich mich setzen? Ist der letzte freie Platz.

Der Angesprochene blickte nicht hoch. Seine Augen glitten weiter über die bunt bebilderten Hochglanzseiten eines stämmigen Buches, übersät mit den dicken Leibern rotgewandter päpstlicher Figuren.

Roxanna hatte bereits die Hälfte des Salats verzehrt, als der Fremde zum ersten Mal hochsah.

Was wollen Sie?, fragte er unvermittelt. Sie sind doch ein Bulle – Verzeihung, eine Bullin.

Die Kommissarin stockte. Offensichtlich hatte sie ihr Gegenüber unterschätzt.

Volltreffer, antwortete sie kurz. Aber keine Sorge, bin nicht im Dienst.

Dann ist es am gefährlichsten, sagte der Mann.

Blitzschnell schlug er das Buch zu, legte einen Geldschein auf den Tisch und erhob sich.

Sie sollten es einmal mit Pizza versuchen. Diese grauen Tomaten. Bestellen Sie sich Pizza mit Salami und Peperoni. Zwiebeln extra.

Mit diesen Worten sprang der Fremde vor. Roxanna versuchte noch, ihm ein Bein zu stellen, vergeblich. Die schlaksige Gestalt war im dämmrigen Abend verschwunden

Plötzlich erschien Harry. Er hielt Roxanna ein Buch hin. Wenn Sie mich nicht anzeigen. Kleiner Taschendiebtrick. Habe ich dem Kerl aus der Manteltasche gezogen, als er fluchtartig den Raum verließ. Vielleicht können Sie's gebrauchen.

Harry, Sie sind ein Schatz, brach es aus Roxanna hervor. Und Harry war mehr als ein Schatz. Im Buch steckte, als Lesezeichen benutzt, die Visitenkarte einer Frau:

Michelle Denatielle.

Feine Adresse, raunte Roxanna. Am besten, sie würde der Person einen Besuch abstatten.

Das Appartement zog sich über die gesamte Etage. Außen am Gebäude, zum Hinterhof, war ein Fahrstuhl angebracht worden, extra für diese Wohnung. An drei Stellen war ein Sicherheitscode eingebaut worden: am Anfang, um den Fahrstuhl zu holen; ein weiteres Passwort, um den Fahrstuhl nach dem Einsteigen in Bewegung zu setzen und ein letztes für oben, zum Öffnen der Fahrstuhltür, die direkt zum Appartement führte.

Natürlich gab es außerdem ein Treppenhaus. Es endete aber in der vierten Etage. Zugemauert, nur über eine Sicherheitstür zugänglich. Ein dritter, eher theoretischer Zugang bestand aus der außen angebrachten spiralförmigen Rettungstreppe.

Michelle Denatielle hatte einen langen bürokratischen Feldzug geführt, diese Treppe abreißen oder wenigstens verlegen zu lassen. Vergebens. In diesem Fall machte die Bürokratie einmal nicht vor Geld halt. Irgendein kleinkarierter, gewissenhafter Beamter hatte alle seine Energie, seine Befriedigung darin gesteckt, der stadtbekannten Michelle Denatielle das Anliegen zu verwehren. Unglücklicherweise war dieser Kleinkrieg über die Presse öffentlich geworden, so dass auch der Bürgermeister, selbst wenn es rechtens gewesen wäre, die Angelegenheit nicht ändern konnte, ohne sofort elendig in einem furchtbaren Korruptionsverdacht zu versinken.

Wenn Sie die Freundlichkeit hätten, sich umzudrehen, bat Michelle den Fremden. Sie verstehen, wegen der Sicherheit.

Der Fremde nickte und wandte sein hageres Gesicht der geschlossenen Fahrstuhltür zu.

Es ist kein Problem, in mein Appartement einzudringen, sagte Michelle. Die Schwierigkeit besteht darin, wieder herauszukommen.

Der Fremde reagierte nicht.

Sehen Sie, das ist gewissermaßen meine Lebensversicherung. Nehmen wir an, Sie wollten mich umbringen, wenn wir oben angekommen sind. Natürlich haben Sie es nicht vor. Ich habe derartiges im Gefühl. Nur theoretisch, nehmen wir es theoretisch an. Sie kommen nicht mehr allein aus der Wohnung. Vielleicht schaffen Sie es in den Fahrstuhl zurück. Vielleicht schaffen Sie es, den Fahrstuhl dazu zu bewegen, abwärts zu fahren. Aber unten können Sie nicht allein die Tür öffnen. Nur ich kann Ihnen vom Appartement aus die Tür öffnen. Sehen Sie, wenn ich tot wäre, wer sollte es tun. Sie wären gefangen wie in einem Käfig, die Polizei braucht Sie nur einzusammeln.

Der Fremde reagierte noch immer nicht. Er fixierte einen kleinen Handspiegel, den er nach hinten gerichtet hielt, um die Frau zu beobachten. Sicherheitsmaßnahme, vielleicht, jedenfalls drehte er ungern jemandem seinen Rücken zu. Die Vorderseite des Körpers war für die angenehmen Seiten des Lebens da, das Unangenehme schlich sich meistens von hinten an, hier lag die dunkle Seite des Daseins.

Bleibt es beim Preis?, fragte der Fremde unvermittelt.

Wenn die Ware stimmt, schon. Wie besprochen. Die Aufwendungen erhalten Sie gesondert erstattet, gegen Quittung, versteht sich. Das andere, falls alles in Ordnung ist.

Fünf Minuten später saß Michelle Denatielle mit dem Fremden an einem riesigen Marmortisch, aus einem einzigen Stein herausgebrochen, in unendlichen Stunden von meisterlichen Händen bearbeitet, um ursprünglich und alt auszusehen und dennoch technisch perfekt neuzeitlich zu funktionieren.

Der Fremde öffnete seine Tasche und hob vorsichtig einen lederumwickelten viereckigen Gegenstand hervor. Behutsam legte er sein Mitbringsel auf den Tisch. Er griff in seine Tasche und legte einen dicken Packen Rechnungen und Belege auf die Steinplatte. Dann griff er ein weiteres Mal in sein Jackett, als die Hand wieder zum Vorschein kam, hatte er einen Revolver umklammert.

Ich habe nichts zu verbergen, sagte der Fremde sachlich. Aber Sie werden verstehen, dass auch ich meine Sicherheit benötige.

Mit diesen Worten legte er die Waffe auf die kalte Tischplatte. Michelle beachtete ihn kaum. Sie hatte hastig begonnen, den Gegenstand vom ledernen Umhang zu entkleiden.

Michelle war zufrieden.

Wie viel kostet es, wenn Sie mir verraten, wie ich es das nächste Mal selbst mache?

Der Fremde sah sie erstaunt an. Er war Profi, der beste in seiner Branche. Und diese verwöhnte, im Sumpf von Geld aufgewachsene junge Frauenpflanze wollte ihn toppen.

Das Doppelte, erwiderte er knapp.

Das Doppelte? fuhr Michelle entsetzt hoch. Sind Sie verrückt?

Der Fremde blieb gelassen.

Sehen Sie, ich verliere meinen besten Kunden. Machen Sie es selbst, wozu brauchen Sie mich noch? Ich muss vorsorgen, ohne meinen besten Kunden muss ich wahrhaftig vorsorgen.

Michelle überlegte. Geld spielte keine Rolle. Aber sie ließ sich ungern auf Unverschämtheiten ein. Und das Doppelte, war es nicht eine bodenlose Unverschämtheit?

Gut, sagte sie kurz. Sagen wir, das Doppelte, wenn mir Ihre Ausführungen plausibel sind. Sie könnten mir irgendetwas erzählen. Glaube ich Ihnen, erhalten Sie das Doppelte, die Hälfte sofort, die andere Hälfte, wenn ich es nach ihren Anweisungen selbst geschafft habe.

Kaum sichtbar nickte der Fremde mit dem Kopf. Hartnäckiges Ding, seine Gegenüber, dachte er und hielt es für angebracht, seine Hand kurz auf den Revolver zu legen.

Einverstanden, aber denken Sie immer daran: ich bin ein Mann, der Sicherheiten zu schätzen weiß. Betont auffällig, es wäre überhaupt nicht nötig gewesen, zog er seine Hand zurück und ließ sie dabei auffallend langsam über den Revolver gleiten.

In der nächsten halben Stunde sprachen beide kein Wort. Aufmerksam blätterte die Frau durch das Buch, das der Fremde ihr gebracht hatte. Stattliche Männer waren abgebildet, umsäumt von rotgetränkter Seide und Purpur, im Hintergrund ein überbordender Reichtum aus Bildern, Gobelins, goldtriefenden handwerklichen Meisterwerken, prallen Körpern, nicht immer in Kleidung gehüllt.

Was suchen Sie eigentlich?

Es war das erste Mal, dass der Fremde seinen Grundsatz brach, keinen Auftraggeber nach dem Grund seines Begehrens zu fragen. Doch die junge Frau suchte derart fiebrig angespannt und gleichzeitig wie entrückt in dem alten Buch, als suche sie etwas, von dem ihre Existenz abhing. Seine Worte erreichten sie nicht, so dass er die Frage wiederholte.

Ich habe mir erlaubt, vorab in dem Buch zu blättern. Sagen Sie mir, was Sie suchen, vielleicht kann ich Ihnen helfen.

Erst jetzt blickte Michelle Denatielle hoch. Sie fixierte den Fremden mit einem scharfen Blick, der schneller als eine Revolverkugel durch seinen Körper drang.

Gerechtigkeit! Sie werden es nicht glauben, aber ich suche nur eine ganz winzige Gerechtigkeit. Schwer zu finden, unter 500 Jahren begraben. Doch der Glaube, er wird den Berg aus 500 Jahren versetzen.

Es war an der Zeit, sich von dem Fremden zu trennen. Sie besaß das Buch und sie wusste nun, wie sie sich weitere Bücher selbst besorgen konnte, für den Fall, dass noch nicht das Richtige vor ihr lag.

Ruhig stand Michelle auf, öffnete eine Schreibtischschublade und zog einen Revolver hervor. Sie richtete ihn auf den Fremden. Ohne ein Wort drückte sie ab.

Sehen Sie, auch ich benötige Sicherheit, sagte Michelle, als sie in das bleiche Gesicht des Anderen sah. Er brachte kein Wort hervor.

Verzeihen Sie den kleinen Scherz, brach Michelle hervor und legte den ungeladenen Revolver in die Schublade zurück.

Zwischendurch habe ich geglaubt, Sie gehen mit ihren Forderungen zu weit. Und dann Ihre Frage nach dem

Grund. Bei wem haben Sie gelernt? Solche Fragen stellt man nicht.

Verzeihung, raunte der Fremde, langsam fand er seine Sprache wieder. Ich war fasziniert, wie sie in dem Buch suchten. Nie habe ich jemanden gesehen, der so hinter etwas her ist.

Michelle betrachtete den Fremden. Er war gewiss keine Schönheit, kein Dressman aus einem Modekatalog, aber immerhin guter Durchschnitt.

Ich werde es Dir erklären, sagte sie und legte dabei ihre Hand auf den anderen. Eine lange Geschichte, 500 Jahre alt, es braucht Zeit, 500 Jahre zu erklären.

Sie richtete sich auf und zog den Mann auf das Bett hinüber, an seinem Arm hängend ließ sie sich nach hinten fallen und schleuderte im Fall Ihre Schuhe durch den Raum. Mit wenigen Handgriffen lag sie unbekleidet da und ehe sich der Fremde versah, hatte sie ihn auch aus der Kleidung herausgepellt.

Keine schlechte Entscheidung, dachte die Frau, denn hinter der etwas altmodisch wirkenden Kleidung steckte ein durchaus passabler überdurchschnittlicher Inhalt.

Es muss vor 500 Jahren gewesen sein, begann sie. Rom, Sommer, viel Sonne, im Zentrum ein riesiges Gebäude. Die Luft schwirrte in der Mittagsglut, träge schleppten sich die Menschen durch die Stadt, armselig gekleidet, in dicke Gewänder gehüllt, trotz der Hitze. Gleichförmig erzählte sie weiter und bemerkte beim Sprechen, dass der Fremde jetzt auf ihr lag, mit jedem Moment lastete das Gesicht seines schlanken Körpers schwerer auf ihr.

Es war 01.35 Uhr, als ein durch die Stadt irrender Betrunkener zufällig über den toten Mann stolperte. Keine zehn Minuten später war die Gendarmerie mit ohrenbetäubendem Lärm eingetroffen und hatte durch das Sirenengeheul die Bewohner aus dem Schlaf geschreckt. Der Zufall wollte es, dass Roxanna fast zur selben Zeit am Ort des Geschehens eintraf. Sie kam aus Harrys Bar, die nicht weit entfernt lag. Es war sowieso ihr Revier, spätestens morgen hätte sie den Fall an der Backe. Nach kurzer Absprache mit dem leitenden Gendarm vor Ort entschloss sie sich, sofort die Ermittlungen aufzunehmen. Trotz der drei Whiskys am ersten Tatort und der Zugaben in Harrys Bar. Nach einer halben Stunde saß sie im Appartement von Michelle Denatielle. Wie sie dort hinein gekommen war, wusste sie selbst nicht mehr so recht. Jedenfalls befand sie sich plötzlich in einem der größten Appartements der Stadt, sämtliche Wohnungen, die sie jemals bewohnt hatte, ergaben zusammengenommen nur einen Bruchteil der Fläche dieses Appartements.

Roxanna war missgelaunt. In welch trivialen Krimi war sie geraten. Drei Tote, genauer gesagt zwei Tote, im Sinne der Gleichberechtigung paritätisch verteilt, ein Mann und eine Frau, und ein zwischen Krankenhaus und Leichenhalle schwebender Pizzabote. Drei Tote, was für ein billiger Krimi, die guten kamen mit einem aus und die besten, die sie gelesen hatte, brauchten keinen einzigen.

Egal, dachte sie, es traf sowieso immer den Falschen. Der Tote muss offenbar in diesem Appartement gewesen sein. Die rekonstruierte Höhe des Sturzes ließ keinen anderen Schluss zu.

Verdammt noch mal, warum war er aus Harrys Bar vor ihr geflüchtet und lag jetzt zerschmettert auf dem blank geputzten Kopfsteinpflaster in einer der besten Wohngegenden der Stadt. Gab es eine Verbindung zwischen den Toten? Diese Michelle Denatielle, welche Rolle spielte sie?

Das Gespräch wiederzugeben erübrigt sich. Beide Frauen waren von Müdigkeit gezeichnet. Die Sinne vom Alkohol leicht benebelt, kam eine nichtssagende, umständliche Unterhaltung zustande. Inzwischen hatte Roxanna durch einen Anruf aus der Zentrale mehr über den Toten erfahren. Ein kleiner Ganove, allerdings spezialisiert, auf Nachfrage Kunstgegenstände aus den ungewöhnlichsten Orten der Welt zu entwenden. Das Besondere waren die außergewöhnlichen Orte seines Wirkens. Meist antiquierte, nicht sonderlich gut bewachte Bibliotheken.

Und Sie sagen, er hat Sie mit diesem Revolver bedroht?

Michelle nickte. Ich besitze selbst eine Waffe, mit Schein natürlich. Wegen der Sicherheit. Plötzlich stand der in meinem Appartement. Fragen Sie nicht, wie er hereinkam. Seit Jahren kämpfe ich gegen einen kleinkarierten Beamten, die Feuerwehrtreppe abbauen zu lassen. Das ganze Haus gehört mir. Meist wohne ich allein. Mir ist lieber, ich verbrenne, anstatt in ständiger Sorge zu leben, jemand dringt über die Feuerwehrleiter ein.

Michelle lächelte. Erst jetzt fiel es ihr ein, dass sie, gewissermaßen als angenehmen Nebeneffekt, den Vorfall benutzen würde, um den Abriss der Außentreppe durchzusetzen. Spätestens jetzt würde dieser spießige Beamte keine brauchbaren Gegenargumente mehr anführen können.

Und dann? fragte Roxanna, erzählen Sie mir, was passierte danach.

Er war offensichtlich auf der Suche nach einem bestimmten Objekt. Naja, sehen Sie sich um, Einiges habe ich zu bieten. Im Grunde genommen ein Anfänger. Hatte ich jedenfalls das Gefühl. Ich ließ mich unauffällig zum Schreibtisch zurückdrängen und zog meine Pistole aus der Schublade. Nachts ist sie immer geöffnet, damit ich im Notfall schneller herankomme. Ich habe nur noch gesehen, wie er total perplex seine Waffe fallen ließ und zur Tür stürzte, hinter der sich der Fahrstuhl befand.

Das verstehe ich noch, aber warum in aller Welt besitzen Sie einen Fahrstuhl mit aufklappbarem Boden?

Zur Sicherheit. Ich besitze eine Sondererlaubnis – genauer gesagt zwei, eine vom Polizeipräfekten und eine von der Baubehörde. Hat mich eine Menge Schriftkram gekostet. Wenn mich jemand überfällt und schlimmstenfalls ins Jenseits befördert, sollte er wenigstens das Vergnügen haben, seinen Abgang durch einen bodenlosen Fahrstuhl zu finden. Erspart der Justiz und dem Steuerzahler eine Menge Kosten. Wir sind zum Glück nicht in Amerika, wo sie Sicherheitsvorkehrungen für Ganoven treffen müssen, damit sie sich beim Einbruch nicht verletzen können. Aber ich kann Sie beruhigen. Werde mich erkundigen, ob er Familie hat und den Hinterbliebenen eine ausreichende Abfindung spendieren.

Michelle dachte an die vereinbarte Summe. Ursprünglich wollte sie das Geld verbrennen. Der Fremde hatte es sich verdient, fair wollte sie bleiben, wenn auch in gewissen Grenzen. Die Idee, das Geld den Hinterbliebenen zu geben, war ihr gerade eben in den Sinn gekommen und es würde ihr Gewissen beruhigen. Mit dem Geld konnte sich die Frau einen anderen suchen. Wer lebte schon gern mit einem Ganoven zusammen?

Es leuchtet mir ein, unterbrach Roxanna. Ich glaube, weitere Fragen erübrigen sich. Wie finde ich heraus?

Michelle wies auf den Fahrstuhl. Keine Angst, die Bodenplatte ist wieder fest verschlossen, wie es sich bei anständigen Besuchern gehört. Obwohl – Polizisten gehören nicht zu meinen Lieblingsgästen.

Kann ich gut verstehen. Ich sehe meine Kollegen am liebsten auch nur im Dienst.

Beim Umdrehen bemerkte sie einen etwas seltsamen doch markanten Geruch. Hatten die beiden ein Verhältnis gehabt?

Sie machte sich eine kurze Notiz. Der Gerichtsmediziner würde auf eine besondere Stelle des zerschmetterten Körpers achten müssen. Diese Gerichtsmediziner waren schließlich alle Schlamper. Stieß man sie nicht mit der Nase in Sekretspuren, waren alle Opfer nichts anderes als das Ergebnis unglücklich verketteter Umstände.

Als Roxanna wieder auf die Straße trat, hatten sie den Toten bereits abgeholt. Schade, dachte sie, die Zeit war weit fortgeschritten. Sie hätte sich aber gerne noch mit dem Opfer ein wenig unterhalten, selbst wenn es Nacht war, auch mitten auf der Straße. Schließlich galt es, drei seltsame Vorfälle mit tödlichem Ausgang zu klären, was kümmerten sie dann die irritierten Blicke etwaiger Passanten, wenn sie sich unter diesen Umständen mit dem Opfer unterhalten hätte. Aber der Tote war bereits abgereist und ins Leichenhaus wollte sie nun wirklich nicht hinterherfahren. Vielleicht morgen, sie würde sehen. Obwohl, morgen machte es wahrscheinlich keinen Sinn mehr, mit fortschreitender Zeit wurden die Toten nicht gerade gesprächiger.

Am darauf folgenden Tag erwachte der Patron, als die Sonne bereits einen Teil ihrer morgendlichen Runde zurückgelegt hatte. Im Laufe der Jahre hatte sein Diener ein sicheres Gespür entwickelt, wann er am nächsten Morgen aufwachen würde. Eigentlich hing es weniger mit Gespür als mit Mathematik und ein wenig Logik zusammen. Der Diener achtete lediglich darauf, wie lange die Geräusche aus dem Schlafgemach drangen, summierte die übliche Zeit des nach(t)erholenden Schlafes und wusste auf diese Weise ziemlich punktgenau, wann er das Frühstück ans Bett zu bringen hatte.

Ein unverzeihliches Säumnis, erwachte der Patron, ohne die gewohnten Köstlichkeiten am Bett vorzufinden. Beinahe ebenso verhängnisvoll, wenn die Speisen bereits zu lange neben der Bettstatt standen und sich ein Teil ihrer Frische im muffigen Zimmer aufgelöst hatte.

Zufrieden griff der Patron nach der Speise. Er war kein Dummkopf. Längst hatten seine wachen Augen bemerkt, dass der Diener unbeobachtete Augenblicke nutzte, durch das wertvolle Fernrohr den nackten Frauenkörper zu beobachten. Längst hatten seine Augen herausgefunden, dass an der Südwand des Zimmers, unscheinbar neben einem prächtigen Gobelin, ein Loch im Mauerwerk war, durch das sich jederzeit das Geschehen im Schlafgemach observieren ließ. Es ehrte ihn gewissermaßen, dass seine Verrichtungen im hohen Alter von einem jungen Diener Wert genug für dieses unerhörte Risiko befunden wurden. Seine Eitelkeit verschleierte ihm die Sinne, dem Diener könne etwas anderes als die regelmäßig herbeigeholte Frau von Interesse sein.

All diese nichtigen Widerwertigkeiten waren zu verzeihen, stand nur am nächsten Morgen das Frühstücksmahl zur rechten Zeit am Bett. Im hohen Alter wusste der Patron dies zu schätzen, verschaffte es ihm doch beizeiten nach der durchlebten Nacht ausreichend Kräfte für den kommenden Tag.

Nach dem Mahl erläutete sich der Patron den Diener. Wortlos räumte der Dazugekommene die Reste beiseite. Er wollte sich gerade entfernen, als der Patron ihn festhielt.

Waren Sie zufrieden?

Der Diener errötete. Ungeschickt versuchte er, seine Verwirrung hinter Gleichgültigkeit zu verbergen.

Ich verstehe Sie nicht, Euer Hochwürden.

Nun, antwortete der Patron, vielleicht sollte ich Dir auf die Sprünge helfen. Ich befahl, die Frau nachts in ihre Hütte zurückzubringen.

Ich tat es, Euer Hochwürden.

Ohne Umwege sollte es geschehen.

Wie meinen Sie das? Manchmal muss ich einen anderen Weg wählen, niemandem zu begegnen.

Und das Schicksal, der Zufall will es jedes Mal, dass der Umweg über Dein Zimmer führt?

Der Diener schwieg. In Leugnungen zu versinken, es brachte kaum Abhilfe. Offensichtlich wusste der Patron vieles von dem, was als dunkles Geheimnis in seinen Gedanken ruhte.

Gedulde Dich, sagte der Patron. Alles hat seine Zeit. Irgendwann, vielleicht bald, wird mein Körper der Frau überdrüssig. Meint es das Schicksal vorher günstig mit Dir, wird mich bald ein Schlag treffen.

Zwei Möglichkeiten, wie Du siehst, rechtmäßig an das heranzukommen, dessen Du begehrst. Nur merke Dir, ich verabscheue es, suhlt jemand in meinen ausersehenen Sekreten. Ein widerlicher Gedanke für mich. Zur Vernunft rate ich Dir. Du bist jung. Zwei Karten hast Du im Spiel: meinen Überdruss und mein Alter. Gibt es höhere Trümpfe?

Michelle Denatielle suchte vergeblich in dem Buch nach dem letzten Schlüssel des vor ihr liegenden Puzzles. Der Einsatz war nicht unbedingt vergeblich gewesen, immerhin wusste sie jetzt, wie an die Bücher heranzukommen war. Sie besaß auch die Namen von zwei, drei weiteren Männern, die vergleichbare Dienste anboten wie der Fremde. Nur war es zwecklos, diese Männer anzusprechen. Längst hatte es sich herumgesprochen, dass einer der ihren auf seltsame Weise zu Tode gekommen war. Niemand konnte der Frau etwas anlasten, geschweige denn beweisen. Selbst Kommissarin Roxanna fand keinen vernünftigen Grund, an ihrer Unschuld zu zweifeln. Trotzdem wäre es zwecklos, einen anderen Kontaktmann auf der Liste anzusprechen. Sie witterten ein zu großes Risiko für Gesundheit und sogar für das Leben. Aus diesen Überlegungen heraus beschloss die Frau, selbst die nächste Aktion durchzuführen.

Eine Woche später saß sie im Flieger nach Rom. Der Sommer tobte noch immer durch Europa, verbrannt hingen die Blätter an den Bäumen, Passatwinde trieben Staubwolken durch die Straßen der ausgetrockneten Städte. Die Menschen hatten sich hinter einer erbärmlich zu nennenden Kuhle der Steinmauern verzogen. Erst abends kamen sie aus ihren Behausungen, argwöhnisch spähend, ob denn die Welt noch existierte oder alles längst in einem vorhergesagten apokalyptischen Feuersturm verbrannt war.

Michelle hatte Schwierigkeiten, ein klimatisiertes Taxi zu bekommen. Zehn Minuten stand sie in der gleißenden Hitze, bevor eine taxibeschilderte Limousine vorbeikam. Hinter dem Steuer saß eine junge Frau, vermutlich Studentin, die für ihr Studium jobbte.

Zum Vatikan, sagte Michelle beim Einsteigen.

Zum Vatikan also, wiederholte die junge Fahrerin. Soll ich Sie direkt beim Papst abliefern?

Michelle schüttelte gelangweilt den Kopf.

Kennen Sie sich in der Stadt aus? Ich meine, sind Sie Römerin und nicht etwa aus Mailand oder Florenz?

Seit Jahrhunderten Römerin, erwiderte die junge Frau. Wir können unsere Stammlinie 500 Jahre zurückverfolgen. Alles hübsche brave Römer.

Michelle betrachtete die Andere. Sie hatte ein ebenmäßiges, feingezogenes Gesicht, das sie stolz nach vorn gerichtet trug. Der Körper war schlank und flach, oben durch zwei wohlgeformte Brüste unterbrochen, die sich andeutungsweise unter dem T-Shirt abzeichneten. Der obere Teil der Beine war von einem Minikleid verdeckt.

Warum war sie nicht als Mann auf die Welt gekommen? Dachte sie still. Auf zehn schöne Frauen kam allenfalls ein gleichwertig aussehender Mann.

Fahren Sie mich zum besten Hotel im Umkreis von 500 Metern. Sagen wir besser 300 Metern. Suchen Sie mir das beste Hotel, das nicht mehr als 300 Meter vom Vatikan entfernt ist.

Die junge Frau stutzte. Der Vatikan ist groß, entgegnete sie. Welchen Punkt des Gottesstaates meinen Sie?

Sie werden es schon richtig treffen, erwiderte Michelle. Nur fahren Sie endlich los. Aber geben Sie sich Mühe, Sie werden es nicht bereuen.

Das Hotel befand sich in Sichtweite des Vatikans. Am ersten Morgen bemerkte Michelle Denatielle, es galt beizeiten aufzustehen, um sich in die kilometerlange Schlange der Wartenden für die päpstlichen Gemächer einzureihen. Zwei weitere Tage ließ sie in Gleichgültigkeit verstreichen. Sie nutzte die Zeit, einige Sehenswürdigkeiten der ehrwürdigen Innenstadt aufzusuchen. Im Abendschein der untergehenden Sonne kletterte sie bis auf den höchsten Rang des Kolosseums und betrachtete aus ferner Höhe das Zentrum der Arena. In ihrer Vorstellung erwachten die freigelegten dunklen Gräben und spuckten waffenbewehrte Heroen heraus, vorersehen, mit abgerichteten Tiergestalten um den Tod zu kämpfen. Sie wähnte im lauen Abendwind das Rauschen eines nahen Meeres zu vernehmen, schwallartig ergoss sich der Tiber in die Spielstätte, wandelte sie zu einem aufgewühlten See, auf dem männerbestückte Galeeren aufeinanderprallten.

Auf dem gegenüberliegenden Rang erkannte sie deutlich die kirchlichen Würdenträger, ihrer Zeit entflohen, heftig den Kämpfern applaudierend. Beim Gewahrwerden der ehrerbietigen Gestalten wurde ihr wieder der Grund ihres Aufenthaltes bewusst. Nächsten Tages würde sie ihren Plan ausführen.

Sie schloss die Augen und wiederholte in ihren Gedächtnisverbindungen die Aussagen des Fremden. Sein Gesicht tauchte auf. Ebenso sein Körper, unbekleidet stürzte er aus dem obersten Rang der Kampfarena, wich geschickt gladierenden Kämpfern aus und verschwand mit dumpfem Aufprall in der geöffneten Luke eines Fahrstuhls, der, widersinnig der Zeit strotzend, als Menetekel der Neuzeit plötzlich im Wirrwarr aus Kämpfern, Raubtieren und Galeeren aufgetaucht war.

Wieder und wieder wiederholte sie die wichtigsten Punkte ihres Vorhabens, bis sie alles traumwandlerisch beherrschte. Zufrieden öffnete sie die Augen. Ungläubig starrte sie nach vorn, Gedankengeborenes von Tatsächlichem zu trennen, denn unvermittelt stand eine junge Frau vor ihr. Sie hatte die Beine etwas auseinandergestellt, um einen sicheren Stand zu haben. Es sah aus, als erwarte sie einen Angriff. Einige Sekunden verstrichen, bis sich Michelles Augen von der Dunkelheit des in sich gekehrten Blickes an das gleißende Licht der untergehenden Sonne gewöhnt hatten.

Jetzt erkannte sie die Frau. Es war die taxifahrende Studentin, die sie vom Flughafen ins Hotel chauffiert hatte. Zufall? Zufälle gab es nicht, jedenfalls nicht für Michelle Denatielle. Trotzdem setzte sie eine unverfängliche Miene auf, um den Grund des Erscheinens der Anderen herauszufinden.

Ihre Vorsicht gebot ihr, das Wiedererkennen zu verbergen. Scheinbar gleichgültig trat sie einige Schritte vor, die Andere mit einer engen Kurve zu umgehen. Gerade als die Frau aus ihrem Blickfeld zu verschwinden begann, spürte sie eine Hand, ihren Ärmel ergreifend, um sie mit Nachdruck herumzureißen.

Warum verstellen Sie sich?, fragte die junge Frau.

Michelle überlegte. Ihre Maske aus Ahnungslosigkeit, sollte sie diese abgleiten, auf den Boden fallen lassen?

Ich weiß nicht, was Sie von mir wollen.

Das macht nichts, erwiderte die Andere. Sie werden es erfahren. Sehr bald. Übrigens, ich heiße Alessia. Mein Familienname spielt keine Rolle. Ich wechsle ihn wie ein Kleid. Aber an Alessia habe ich mich gewöhnt. Wonach klingt dieser Name? Habe ich mich oft gefragt. Am liebsten habe ich diese Deutung: Alles, si, aha. Wenn ich etwas will, will ich alles, verstehen Sie? Fragen Sie mich nicht, wie viele Namen ich ausprobiert habe, bis ich auf Alessia gekommen bin. Nennen Sie mich Alessia. Ich mag es, wenn meine Partner mich so ansprechen.

Partner?, wiederholte Michelle. Kann mir kaum vorstellen, wobei wir zusammenarbeiten sollten.

Sie brauchen ihre Vorstellung nicht, sagen wir besser, nicht dafür. Ich denke, dass Sie es früh genug erfahren werden.

Übrigens, haben Sie sich satt gesehen an diesen alten modrigen, blutgedrängten Steinen?

Fürs erste wohl, entgegnete Michelle. Wahrscheinlich werden Sie herausgefunden haben, dass ich eine Vorliebe für alte Gemäuer besitze.

Alessia nickte. Wenn Sie mit Büchern vollgestopft sind, si? Lassen Sie uns in ein Café gehen. Auf der anderen Straßenseite, wir müssen den Berg hoch. Doch es lohnt sich. Von oben liegt ihnen Rom zu Füßen.

Kommt selten vor, dass sich eine Stadt einer Frau zu Füßen legt, spottete Michelle. Habe ich eine Chance, Ihren Vorschlag abzulehnen?

Wir leben in einem freien Land, antwortete Alessia. Sehen Sie, die Freiheit besteht darin, dass Sie das Gefühl haben dürfen, sich frei entscheiden zu können, obwohl Sie wissen, naja, Sie verstehen sicherlich, was ich sagen will.

Michelle verstand. Wortlos lief sie los, stieg die steilen Stufen in die zeitgewordene Geschichte hinab, während ihr die seltsam vertraute Fremde folgte.

Inzwischen war es deutlich kühler geworden. Michelle wünschte, in einem flauschigen Pullover zu stecken. Stattdessen war ihr Oberkörper nur von einem trägerlosen T-Shirt bedeckt. Die ungeschützten Hautpartien verwandelten sich in eine Gänsehautlandschaft anschwellender Minikrater.

Rom ist eine Wüste, sagte Alessia und schlürfte an ihrem Cappuccino. Sie müssen noch viel lernen. Waren Sie je in der Wüste?

Michelle nickte. Offenbar wusste die Andere mehr über sie, als in ihrer Vorstellungskraft lag.

Ich bin zwei Jahre um die Welt gefahren, antwortete Michelle. Aus dem einzigen Grund, meinen Fuß einmal auf jedes Land dieser Welt zu stellen. Nicht so einfach. Jeden Augenblick dachte ich, eine weitere Revolution irgendwo auf der Welt könnte ein neues Land hervorbringen. Nach meiner ersten Reise musste ich ein halbes Jahr heranhängen, um alle Länder zu besuchen, die in der Zwischenzeit entstanden waren.

Sie haben alles besucht, unterbrach Alessia, bis auf den Vatikan. Warum?

Es ist wie mit dem Essen bei einfachen Leuten. Einen kleinen Bissen, den besten, sie heben sich ihn bis zum Schluss auf.

Alessia pflichtete ihr bei:

Und manchmal kommt unverhofft die liebe Verwandtschaft vorbei und schnappt ihn sich vor ihrer Nase weg.

Mag sein. Ich habe kaum Verwandtschaft.

Anfangs habe ich mich gefragt, wie Sie es mit Alessandro gemacht haben. Aus einem Fahrstuhl abstürzen. Vielleicht glaubt Ihnen das die Polizei.

Michelle wollte etwas sagen, doch die Andere fuhr unbenommen fort:

Es interessierte mich nur am Anfang. Alessandro bedeutete zu wenig für mich. Jetzt ist es höchstens nur deshalb für mich von Interesse……

Sie meinen doch nicht? fuhr Michelle dazwischen.

Lassen wir das Thema, sagte Alessia. Das mit dem Geld war eine noble Geste. Hier in Italien wissen wir Familiensinn zu schätzen.

Er hatte sich das Geld verdient, erwiderte Michelle kühl. Da wir gerade in einem Quiz sind, eine kleine Frage würde auch ich gerne stellen.

Alessia betrachtete sie: Fragen Sie, ich bin immer für Offenheit.

Wie haben Sie es angestellt, mich mit einem Taxi auf dem Flughafen abzufangen?

Alessia überlegte. Minuten verstrichen. Der Cappuccino dampfte noch immer. Am Nachbartisch turtelte ein wohlsituierter Herr mit einem Straßenmädchen. Abendvögel nisteten in den Zypressen und besangen die untergehende Sonne. Schließlich blickte sie Michelle an.

War nicht schwer. Lohnt auch nicht, es Ihnen zu erzählen. Aber nehmen Sie es als kleine Gedächtnisstütze, dass ich für Überraschungen gut bin.

Dieser Alessandro, waren Sie befreundet?

Wieder versank Alessia sekundenlang in Schweigen.

Ja, aber nicht so, wie Sie denken. Wir waren Geschäftspartner. Rom ist aufgeteilt. Schon immer aufgeteilt gewesen. Uns beiden gehörte die päpstliche Bibliothek.

Auf einmal waren sie mittendrin im Geschäft. Michelle wunderte sich über die unvermittelte Offenheit der Anderen. Sie liebte offensichtlich Überraschungen. Und ein gerader Weg ist manchmal eine Überraschung, besonders, lief man über gefährliche Klippen.

Haben Sie wirklich gedacht, wir besorgen Ihnen beim ersten Mal das richtige Buch?

Alessia lachte auf. Eine Weile hätten wir Sie gemolken. Seien Sie ehrlich. Sie hätten es nicht anders angestellt. Deshalb geht das Melken weiter. Ich werde es allein fortführen. Werde meine Hände allein an Ihre Euter legen.

Bei diesen Worten schlug die Stimmung um. Vieles steckte in diesem Satz: eine Absicht, Drohung, Erpressung - oder eine Liebeserklärung?

Michelle erhob sich. Ich erzählte ihnen von meinen Reisen. Jedes Land habe ich gesehen. Nicht nur, um meinen Fuß darauf zu setzen. Amazonien widerte mich an. Diese stickige, schwüle Luft, ständig saugen sich die schweißdurchtränkten Kleidungsstücke an ihrer Haut fest. Ununterbrochen sind sie von lästigen Schmeißfliegen umkreist, die sie für einen lebenden Kadaver halten.

Alessia schwieg, so dass Michelle fortfuhr.

Sie kennen mein Hotel. Kommen Sie vorbei, wenn Sie zur Vernunft gekommen sind. Ich lasse über fast alles mit mir reden.

Mit diesen Worten drehte sie sich um und verschwand aus der cafébeladenen Szene in die aufgebrochene Dunkelheit der erwachenden Großstadt.

Der Patron besaß hellseherische Fähigkeiten. Den Menschen war es egal, aus welchen Quellen diese Künste kamen, in ihrem tristen Alltag zählte allein das Faktum des Außergewöhnlichen. Binnen vier Wochen hatte ihn ein erster kleiner Schlag getroffen. Die Sprache war unversehrt geblieben, beide Arme ließen sich mit der angemessenen Bedächtigkeit des Alters heben und ebenso vermochten die Beine nach wie vor, den stämmigen Körper durch das Dasein zu tragen. Nur wenige Muskeln um einen mittleren Punkt des Körpers versagten ihren Dienst.

Jahrhunderte später wäre diese ungewöhnliche Punktgenauigkeit Anlass für sensationsheischende medizinische Spekulationen geworden. Nach einem weiteren Mondumlauf hatte ein weiterer, größerer Schlag den Körper des Patrons chirurgisch exakt in zwei Hälften geteilt, eine rechte, leblos dahinsiechende, eine linke, hektisch versuchend, die verlorengegangenen Funktionen dem Sumpf des Vergessens zu entreißen. Auch für den mittleren Punkt des Körpers änderte sich durch den neuerlichen Schlag ein wenig. In seltenen Augenblicken spannte sich eine Hälfte dieses mittleren Gebildes an und verbog sich dabei in skurrile Figurationen, ohne den bizarren Gestaltungen eine Funktion abzugewinnen. Mit nachlassenden körperlichen Fähigkeiten besann sich der Patron mehr und mehr auf die Sehkraft seiner Augen, die nichts von ihrem Vermögen eingebüßt hatten und mit unverändert misstrauischen Blicken das Leben beäugten. Beim Schauen kam ihm der wertvolle

Gobelin an der Wand in den Sinn, daneben das ruhende schwarze, in die Wand eingelassene Loch. Eines Tages überkam ihn der Einfall, eine widersinnige Verwirrtheit hinter die Maskerade seiner Krankheit zu verstecken. An diesem Tag spielte er seiner Umgebung ein wirrendes Theaterstück vor, das in dem Befehl gipfelte, die nackte Frau aus der Hütte in den Palast zu holen und fortan als Dienerin in seinen Gemächern zu beschäftigen. Niemand wusste dieses Ansinnen zu deuten, da aber die Ärzte jegliche Aufregung strikt untersagt hatten, gewährten sie ihm den Wunsch, unverändert in der Meinung, er sei einem wirrgewordenen Teil seines Hirnes entsprungen.

Seit diesem Tag schmückte das Bild des nackten Frauenkörpers die Gemächer. Die Diener taten, als nähmen sie all diese grotesken Geschehnisse nicht zur Kenntnis und versuchten, jedes Mal beim Auftauchen der nackten Frau, in würdevoller Teilnahmelosigkeit zu fliehen.

Nur die Augen des Patrons ruhten bei jeder Gelegenheit auf der Gestalt der Frau und gewahrten täglich bei den unterschiedlichsten Verrichtungen der Frau immer neue Einblicke in den weiblichen Akt.

Auf diese einfältige Weise strichen viele Monde durchs Land, der Herbst schüttelte die Bäume kahl und der nahende Winter fraß sich mit feuchter Kälte in die Mauern der Häuser. Die Frau, ungeachtet ihrer unvergleichlichen ebenmäßigen Schönheit in einem Teil ihres Kopfes vor Jahren wirr geworden, weigerte sich, trotz der Kälte, Kleidung anzulegen.

So wurden die Gemächer täglich durch fauchende Kaminfeuer erhitzt, deren Wärme den zurückliegenden Sommer als eine kühle Brise erscheinen ließ. In der winterlichen Hitze wuchsen skurrile Gedanken im Kopf des Patrons heran, während der nackte Frauenkörper mit jedem Tag alte begehrliche Ansinnen aufkommen ließ. Beides verschmolz zu einer gefährlichen Symbiose, die auf einen schicksalsträchtigen Moment zutrieb.

Am Nachmittag des elften Tages eines winterlichen Monats, vor 500 Jahren, lag der Patron auf seiner Bettstatt. Die nackte Frau kletterte auf Stühle und Tische, die Wände von Spinnweben zu entkleiden. Die Augen des Patrons krochen von den Füßen die schlanken Beine empor, die sich bei der Arbeit unermüdlich streckten und in die elliptischen Hälften des Gesäßes mündeten.

Was schaffst Du dort?, stammelte der Patron.

Die Frau blickte ihn an. Es waren die ersten Worte, die er seit Monaten gesprochen hatte.

Lass die Arbeit. Der Patron winkte die Frau zu sich. Er griff nach dem nackten Leib und zog ihn auf das Bettgemach hinunter. Gleichgültig erinnerte sich die Frau an lange zurückliegende Momente. Der Patron drehte mühsam seinen schweren Körper auf die Seite und ließ sein massives Gewicht auf die Frau sinken. Dann rollte er seinen wuchtigen Leib vollständig auf den schmächtigen Körper. Die Frau versuchte, das überbordende Gewicht hoch zu drücken, vergeblich. Sie rang nach Atem, mühsam bahnte sich die Luft zwischen beiden Gesichtern ihren Weg. Unvermittelt drehte der Patron seinen Kopf zur Seite und legte seine fleischigen Wangen auf Nase und Mund der Frau. Der Atem der Frau wandelte sich in Röcheln, das Blau ihrer Augen verteilte sich in die feinen Züge ihres Gesichtes, die Füße krampfen zu unnatürlicher Stellung. Der Patron blickte hoch, seine Blicke suchten den Gobelin und das daneben ruhende schwarze Loch. Deutlich erkannte er das Auge des Dieners in der schwarzen Luft und seine auf der Frau ruhenden Gesichtszüge mutierten in die große Pose eines widerwärtigen Siegers.

Roxanna saß vor ihrem alten Schreibtisch und hämmerte unermüdlich auf den Laptop ein. In der anderen Ecke des Büros befand sich ihr Adjutant, Sergeant Henry. Die Gleichgültigkeit seines Willens hatte ihn vor Jahren auf einer mittleren Stufe der Karriereleiter stehen bleiben lassen, von der aus er ohne große Anstrengungen sämtliche finanzielle Anforderungen, die das Leben an einen stellt, begleichen konnte. Drei Jahre lag es zurück, als man ihm diese eigenwillige Roxanna vor die Nase gesetzt hatte. Auch daran hatte er sich gewöhnt und wartete nur noch darauf, in einem Jahr in Pension zu gehen. Das Dröhnen der Tasten marterte seinen Kopf.

Lassen Sie Ihren Frust woanders ab, platzte Sergeant Henry heraus.

Roxanna blickte hoch.

In Ordnung. Wir werden tauschen. Die Hälfte des Berichtes ist fertig. Sie werden mit ihren zarten Händen die andere Hälfte in den Computer streicheln.

Eigentor, dachte Sergeant Henry und biss sich auf die Lippen.

Ich will nicht Ihren Verdienst schmälern, Roxanna. Meine Pension ist sicher. Wer weiß, wie's bei Ihnen aussehen wird.

Lächelnd fügte er hinzu: Ich glaube, es wird für Sie positiver ausfallen, wenn Sie selbst zu Ende schreiben.

Haben Sie eigentlich bereits vermerkt, dass Sie noch einmal in das Leichenschauhaus gefahren sind, weil sie an die tote Madame Richaud noch einige Fragen hatten?

Roxanna schwieg und der Sergeant fuhr fort:

Sehen Sie, das Alter macht aus uns korrekte Menschen. Ich würde keine einleuchtende Erklärung finden, dies im Bericht zu verschweigen. Der Präfekt hat einen Fimmel für Vollständigkeit. Es sollte Ihnen bekannt sein.

Schon gut, stöhnte Roxanna ob der verdeckten kleinen Erpressung. Vergessen Sie aber nicht, dass ich das Gedächtnis eines Elefanten besitze.

Sagen Sie, Roxanna, wie sind Sie eigentlich auf den Mörder von Madame Richaud gekommen? Ich meine, der Pizzabote bringt nicht erst die Frau um, nur um sich anschließend selbst zu vergiften.

Liebestragödie und Habgier, antwortete Roxanna. Die beiden hatten ein Verhältnis, ließ sich schnell herausfinden. Dann das übliche. Eine andere Frau. Nun ja, der Pizzabote, dieser Henry - Roxanna lächelte, ich hoffe, die Namensgleichheit hat nichts zu bedeuten - dieser Henry beschließt, Madame Richaud zu beseitigen. Er hat eine andere und außerdem hat sie ihn mit fünf Prozent ihres Vermögens im Testament bedacht.

Fünf Prozent, nicht viel für Bettdienste, raunte Sergeant Henry.

Sie kennen nicht das Vermögen dieser Madame Richaud!

Sergeant Henry schüttelte den Kopf. Bestimmt werden Sie es mir als nächstes verraten.

10 Millionen, antwortete Roxanna. 5 % ihres Vermögens ergeben 10 Millionen. Rechnen Sie selbst nach. Alles in allem 200 Millionen Besitz.

Sergeant Henry pfiff durch die Zähne. Warum bin ich immer an die Falschen geraten? Eine Frau, die mir 10 Millionen vermacht. Findet sich nicht alle Tage.

Sie sind nicht hübsch genug, spottete Roxanna. Für 10 Millionen kann sich Frau schon ein gutes Stück Mann leisten. Muss dann auch alles stimmen: 1,85 m Größe, blonde Haare, tiefblaue Augen, breite Schultern und schmale Taille, und was sagt man heute dazu: knackiger Hintern. Schauen Sie sich im Spiegel an, den gleichen Preis müssten sie löhnen, damit eine Frau sie nimmt.

Sergeant Henry kochte, doch Roxanna ließ sich nicht irritieren und setzte sogar noch einen drauf.

Ich spreche nur von der Hülle. Dazu kommt der Inhalt: sicheres Auftreten, geistvoll, charmant, witzig, zuvorkommend, einen Tick verrückt, sportlich: Tennis, Ski, Reiten, alles Mindestanforderungen - Kultur nicht zu vergessen, genauso bewandert in klassischer Oper wie gehobener Disco.

So einen Mann gibt es? unterbrach Sergeant Henry.

Roxanna nickte. Der Pizzabote hatte alles. Fragen Sie mich nicht, warum er bei diesen Veranlagungen Pizza ausfuhr.

Wie sind Sie darauf gekommen, dass er Madame Richaud getötet hat?

Ich erzählte von seiner Geliebten. Typische Konstellation, wie in jedem schlechten Krimi. Plötzlich taucht eine Andere auf, nicht reich, keine prachtvolle Villa im besten Wohnviertel von Paris, nur bezaubernd, bezaubernd schön, vom Wesen und von der Schönheit bezaubernd. Unser Pizzabote war hilflos verliebt. Doch es gab ein Problem.

Kann ich mir denken. Er fing an, am süßen Leben Gefallen zu finden. Also brachte er Madame Richaud um. Das Testament hätte ihm jedes Tor dieser Welt geöffnet. Nur, fuhr Sergeant Henry fort, warum kam er mit einer vergifteten Pizza zurück? Warum diese Schneewittchen-Inszenierung?

Gut, dass Sie bald in Pension gehen, stichelte Roxanna. Sie könnten noch hundert Jahre im Dienst bleiben, ohne einen komplizierteren Fall zu lösen. Warum schießt sich ein Täter selbst ins Bein? Bestimmt nicht, weil er ein Masochist ist.

Sergeant Henry schüttelte den Kopf.

Dieser Pizzabote hat sich doch gar nicht ins Bein geschossen.

Haben Sie jemals das Wort Analogie verstanden? Er hatte die Pizza vergiftet. Zwei Hälften. Eine stark dosiert, die andere mit wenig Gift versetzt.

Verstehe, unser Schneewittchen-Apfel.

Roxanna nickte.

In der Aufregung hat er von der verkehrten Seite abgebissen.

Jetzt müssen Sie mir nur noch erklären, warum er zurückgekehrt ist. Madame Richaud war bereits tot, er hatte sie nach Ihrer Aussage bereits vorher umgebracht.

Psychopath, erklärte Roxanna, wollte sicher sein, dass sie wirklich tot ist. Manche Mörder töten ihr Opfer zweimal.
Sie lachte auf. Vielleicht war es der Grund. Nun aber ernsthaft. Es war eine Inszenierung. Eine Theateraufführung für die Polizei.

Welche Strafe erwartet ihn? fragte Sergeant Henry.

Keine, erwiderte Roxanna oder die Höchststrafe. Er ist bereits verurteilt. Heute Morgen hat das Krankenhaus angerufen. Unser Pizzabote hat seine Vergiftung nicht überlebt.

Fehlen nur noch die sieben Zwerge, die ihn wachrütteln.

Lassen wir das, sagte Roxanna und fing wieder an, auf den Laptop einzuhämmern. Märchenstunde vorbei. Ich habe zu tun.

Aus irgendeinem Grund starrte Sergeant Henry sie unentwegt an. Genervt sah Roxanna hoch:

Ich weiß, Sie wollen noch erklärt haben, was es mit dem tödlichen Fahrstuhlunfall im fünften Arrondissement auf sich hat. Wir haben alles überprüft. Jede Einzelheit minutiös recherchiert. Diese Michelle Denatielle ist absolut sauber. Es war ein tragischer Unfall, Berufsrisiko eines Einbrechers. Ich habe zwar nicht verstanden, was dieser Alessandro ausgerechnet bei Michelle Denatielle gemacht hat, aber egal, ein vertretbar kleiner Rest an Geheimnis.

Wissen Sie, worauf er spezialisiert war? Bücherdiebstahl. Nicht irgendwelche Werke. Auftragsbestellung, mit dem nötigen Kleingeld konnten sie bei ihm jedes Buch aus der päpstlichen Bibliothek des Vatikans bestellen. Diese Michelle Denatielle ist jedoch nicht der Typ für alte ehrwürdige Bücher. Egal. Vielleicht wollte unser Alessandro umsatteln. Jedenfalls ist der Fall für mich abgeschlossen.

Sergeant Henry klatschte anerkennend in die Hände. Drei Todesfälle in einer Woche aufgeklärt. Auch wenn ich es ungern tue, aber ich muss Ihnen ein dickes Kompliment machen.

Roxanna hörte nicht mehr hin. Sie war wieder damit beschäftigt, ihren Bericht in den Laptop zu hämmern. Sergeant Henry bemerkte nicht, dass sie seltsamerweise an einigen Stellen riesige Lücken ließ.

Roxanna befand sich in einem Alter, wo es anfing bedenklich zu werden, sich im knappen Bikini am Strand zu tummeln. Sie kompensierte das Alter mit der Fitness eines durchtrainierten Körpers, hinter der sich manch Zehnkämpfer verstecken konnte. Gedankenverloren lag sie auf dem warmen Sand und ließ die aufgewärmten weißen Sandkörner über ihre Haut perlen.

Eine Woche Karibik, wenn auch nur Pauschalreise, hatte sie sich redlich verdient. Das Alter hatte aus Sergeant Henry ein tratschendes Waschweib werden lassen. Ihre Erklärung war für ihn nachvollziehbar und da er sich manchmal nicht gerade in den seriösesten Kreisen aufhielt, würde er den Abschluss des Falles nach außen streuen. Ob es eine Hilfe bedeutete, vermochte sie nicht zu sagen, jedenfalls verschaffte es ihr fürs erste Ruhe vor Sergeant Henry.

Immer wieder versuchte sie, die vorgefundenen Puzzleteile zusammenzufügen. Vergeblich. Nicht einmal ansatzweise war ein zusammenhängendes Bild zu erkennen. Junge Frauen mit langgezogenen nackten Beinen liefen an ihr vorbei, fröhliches Glucksen, das sich mit dem eintönigen Rauschen der Wellen mischte.

Keine zehn Meter von ihr entfernt lag ein Mittvierziger, die meisten Körperteile bereits ansehnlich gargebräunt. Jemand sollte langsam den Herd abstellen, dachte Roxanna. Stattdessen hatte ein Witzbold neben dem Schlafenden ein Schild in den Boden gerammt.

Bin kurz weg – bitte in 20 Minuten wenden.

Einige Male hätte Roxanna gern ihren Kopf auf den sonnengebräunten Männerarm gelegt, nicht wegen des Mannes, er zog sie nicht an, sie hatte einfach das Gefühl, dass es in der abgehobenen Leichtigkeit der Strandidylle dazugehörte. Mangels Möglichkeit ging sie wieder und wieder ihre bisherigen Ermittlungsergebnisse durch. Sie konnte sich des Gefühls nicht erwehren, dass alle drei Todesfälle wie an einer eisernen Kette miteinander verbunden waren. Wo war das Verbindungsglied? Was hatte der Pizzabote mit Alessandro, den Bücherdieb, zu tun? Madame Richaud und Alessandro, gab es einen Zusammenhang oder gar zwischen Madame Richaud und dieser Michelle Denatielle. Sie konnte es drehen, sie konnte es wenden, unentwegt, so oft sie wollte, eine brauchbare Erklärung kam ihr nicht in den Sinn. Allerdings, war es nicht merkwürdig? Ständig gingen ihr die Namen von drei Toten durch den Kopf und jedes Mal tauchte dabei das Bild dieser Michelle Denatielle auf. Bei ihr musste der Schlüssel für alles liegen. Nächste Woche, gleich nach ihrem Kurzurlaub, würde sie die tote Madame Richaud am Grab aufsuchen. Irgendwo musste ihr Geist herumschwirren, warum nicht auf dem Friedhof. Sie hatte noch ein paar Fragen an die Tote, vielleicht erhielt sie dort die zündende Inspiration, wie alles zusammenhing. Sonst würde sie ein Schwert nehmen und das Wirrwarr der ineinander verschlungenen möglichen Zusammenhänge einfach durchschlagen. Mochte sein, dass im

Inneren dieses Knäuels eine kleine verborgene Wahrheit steckte, die alles unsichtbar zusammenhielt. Dieser willkürliche Hieb mit einem Schwert, er musste nicht gezielt sein. Irgendetwas Abwegiges, Sinnloses, das den verkleisterten Brei der ineinander verflochtenen Geschehnisse wieder in Bewegung setzte. Eine Exhumierung beispielsweise. Sie würde eine Exhumierung beantragen, bisher hatte niemand untersucht, ob das Gift, das in der Pizza steckte und den Boten niedergestreckt hatte, auch bei Alessandro, dem Bücherdieb, zu finden war.

Interessante Perspektive, dachte Roxanna, dann hätte ein und derselbe Täter Madame Richaud, den Pizzaboten und Alessandro auf dem Gewissen, was nichts anderes bedeutete, als dass der Pizzabote…

Als sie aufblickte erhob sich gerade der gebräunte Vierziger neben ihr. Er streckte seinen in die Jahre kommenden Körper, wobei Falten, bisher von Fettwölbungen versteckt, sichtbar wurden. Mit einem nichtssagenden Weiß hoben sich die freigelegten Falten bizarr vom restlichen Körper ab.

Doch nicht gar, dachte Roxanna und erschauderte ein wenig bei dem Gedanken, vor wenigen Minuten das Gefühl gehabt zu haben, ihren Kopf auf einen schlafenden Körper zu legen.

Sind Sie sicher, dass Signora Denatielle abgereist ist?

Absolut, antwortete der Portier. Vor drei Tagen. Sie schien es sehr eilig zu haben. Dringende Familienangelegenheiten, wenn ich mich recht erinnere.

Alessia stampfte mit den Füßen auf den Boden. Diese miese kleine Kröte. So einfach kam sie nicht davon.

Der Portier bemerkte die Erregung der Frau und beugte sich vor:

Könnte sein, dass mir noch etwas einfällt. Mein Alter, Signorina. Es gibt da gute Gedächtnispillen. Aber teuer sage ich Ihnen, sehr teuer.

Alessia verstand. Sie öffnete ihre Handtasche, griff ins Portemonnaie und zog ein 100 Euro Schein hervor. Mit geübtem Griff ließ der Portier das Geld in seiner Tasche verschwinden.

Teure Pillen, Signorina, sehr teuer die Gedächtnispillen. Von 100 Euro kann ich nur kaufen Tabletten für eine Gehirnhälfte. Sehen Sie, ich habe aber zwei. Woher soll ich wissen, in welcher Hälfte meine Erinnerung steckt.

Alessia sah ihn prüfend an. Was soll's, den Fehler hatte sie begangen. Alessandro war nie ihr Fall gewesen. Doch sie stand in seiner Schuld und das Mindeste war, ihn persönlich von Paris nach Verona zu überführen. Leider hatte sie gedacht, dass sie diese Michelle drei

Tage unbeobachtet lassen konnte. Fehleinschätzung. Es ließ sich nicht mehr ändern. Höchstens durch das Wissen des Portiers. Unwillig griff sie erneut ins Portemonnaie und holte diesmal einen 200 Euroschein heraus. Wer weiß, womöglich besaß dieser Portier drei Gehirnhälften.

Der Mann grinste beim Anblick des Scheines und ließ ihn ebenso unauffällig wie den ersten in seiner Jackentasche verschwinden. Dann griff er in seine vordere kleine Jackettasche und zog einen Zettel hervor.

Schreiben Sie sich die Adresse ab, sagte er knapp. Den Zettel brauche ich zurück. Die Signora hat auf einen Mann gewartet. Jeden Tag. Er ist nicht erschienen. Dann ist sie abgereist und gab mir den Zettel, falls Ihr Besucher noch erscheinen würde.

Hat sie ihnen den Mann beschrieben? fragte Alessia erregt.

Der Portier schüttelte den Kopf:

Nur, dass er nach ihr fragen würde, nach der französischen Frau mit dem Vatikanbuch.

Alessia atmete tief durch. Diese Michelle hatte sie ausgetrickst. Doch zu früh gefreut. Sie betrachtete den Zettel und schmunzelte. Michelle Denatielle war jetzt in Sidney. Sie würde ihr einen netten Besuch abstatten. Wollte doch schon immer nach Sidney.

Alessia schrieb die Adresse ab und schob den Zettel zurück über den Tresen. Ohne ein Wort drehte sie sich um und verließ das Hotel.

Der Portier grinste und griff zum Hörer. Nebenbei hatte er 300 Euro verdient. Kein schlechter Anfang für diesen Tag.

Am anderen Ende meldete sich eine Frauenstimme.

Sie war da, sagte der Portier, alles genau so, wie Sie es gesagt haben.

Ausgezeichnet, hauchte die weibliche Stimme zurück. 1000 Euro haben Sie bereits. Die anderen 1000 Euro bekommen Sie morgen.

Zufrieden atmete der Portier durch. Auch die Frau am anderen Ende des Telefons war erleichtert. Sie dachte an ihre Großmutter. Großmutter schwor darauf, dass das beste Versteck für Süßigkeiten ein offener Platz auf dem Esstisch war. Menschen suchen gern, sagte sie immer. Niemand sucht dort, wo ihm etwas direkt in die Augen springt. Auf der ganzen Welt würde Alessia suchen, nur nicht am offenen Platz auf dem Esstisch.

Mit einer huldvollen Bewegung des linken Armes winkte der Patron den Diener herbei. Sein wuchtiger Körper lag wieder neben der nackten Frau, die Augen des Patrons fixierten einen schräg an der Decke angebrachten Spiegel. Das leblose Bild der nackten Frau war in die Höhe geschwebt und auf dem Spiegel liegen geblieben. Pralle Barockfiguren umrahmten die Szenerie und sahen mit weit aufgerissenen Augen auf die Gestalt der Frau. Unterwürfig hatte sich der Diener genähert und verharrte still neben dem Bettgemach. Sein Herr nahm ihn nicht wahr, unverändert fixierten die alten Augen das an der Decke schwebende Bild der nackten Frau.

Endlich bemerkte er den Diener. Der Mund öffnete sich schwerfällig, die Zunge stieß unruhig gegen die faltigen Lippen und versuchte, die ausströmende Luft in Worte zu formen.

Du, du kannst sie haben, stieß der Patron hervor.

Mit seiner linken Hand ergriff er den gelähmten Arm, zog ihn in die Höhe und ließ ihn ein letztes Mal auf das Gesäß der Frau fallen. Ein dumpfer lebloser Klang wand sich zwischen den beiden toten Gebilden und verhallte im Raum.

Mechanisch hob der Diener den abgestorbenen Arm seines Herren, der sich in rhythmische Zuckungen in das Fleisch verkrallt hatte. Er löste die verkrampften Finger aus dem kalten fleischigen Gesäß und schob seine beiden Arme unter die Frau. Behutsam hob er die mit Schönheit umkleidete Figur in die stickige Luft des Raumes, andächtig schritt er über die weichen Teppiche, von Jahrhunderten alten Gesichtern an den Wänden bestaunt.

Der Weg führte ihn in seine Kammer, wo er den leblosen Frauenkörper auf sein Lager bettete. Seine Hand fuhr über das zarte Gesicht und umspielte die schmalen Lippen. Erst jetzt bemerkte er, obwohl er es immer wieder gewahr geworden war, dass die Frau nackt war und empfand das Unpassende dieses Zustandes in einem solchen Augenblick. Eilig lief er in die Gemächer seines Herrn, öffnete einen eichenen Schrank und entnahm ihm ein seidenes Festgewand für die hohen Feiertage. Damit umhüllte er den nackten Leib der Frau und bettete ihn zur Nachtruhe.

Zwei Stunden später waren die Lampen im Schlafgemach des Patrons erloschen. Seine Augen fanden keine Ruhe, sie suchten das dunkle Zimmer zu durchdringen, herauszufinden, ob das Bild der Frau noch immer an der Decke schwebte. Nur ein lautloser Schatten fiel vom Nachtspiegel hinab. Ohne ein Geräusch schwebte er über den weichen Bodenteppich. Der gelähmte rechte Arm des Patrons geriet in unruhige Zuckungen und hielt sich verkrampft an der Bettkante fest.

Vom Fußende vernahm er leise Schritte, vertraut kam ihm der Rhythmus ihres Ganges vor, doch antworteten sie nicht auf seine Ansprache. Zwei Hände machten sich an einem der Bettpfosten zu schaffen und verknoteten eine fingerdicke Schnur am hölzernen Pfosten. In der Dunkelheit fing das andere Ende des Seiles an, sich zu bewegen, schlängelte sich über das Leinentuch und kroch auf den Leib des Patrons hinüber. Er spürte die kühle schuppige Haut des Wesens, das sich langsam über seine Beine schlängelte. Angespannt ballte er die gesunde linke Hand, einen Angriff abzuwehren. Doch spürte das schlangenförmige Gebilde die lauernde Hand und wich auf den weit herabhängenden gelähmten Arm aus. Trotz der Plegie registrierte die Haut des gelähmten Körperteils das zittrige Vibrieren des Gebildes.

Der Patron wartete, bis es sich auf Reichweite seiner linken Hand genähert hatte. Das Gesicht der leblosen Frau leuchtete im Dunkeln auf, der schwarzen Schlingenge-stalt den Weg zu weisen. Im Schein der plötzlichen Hel-ligkeit erkannte der Patron die Gestalt des feindlichen Gebildes. Sein verzerrter Mund öffnete sich, einen rö-chelnden Hilfeschrei auszustoßen. Im selben Moment stieß der schwarze Schlingenkörper wie ein Pfeil nach vorne, verschwand im geöffneten Rachen des Patrons und krallte seine Zähne in das alte Fleisch.

Blitzartig fiel der geöffnete Mund des Mannes zusam-men, mit berstender Gewalt krachten die Zahnreihen aufeinander und trennten den festgebissenen Kopf des schwarzen Gebildes vom seilförmigen Leib. Die Wirkung des Giftes hatte bereits eingesetzt, vergeblich suchte der verzerrte Mund, die Zahnreihen wieder auseinan-der zu ziehen, neue Luft in den ringenden Leib einströ-men zu lassen. Langsam erstarb der röchelnde Atem. Eine dunkle Bläue verteilte sich auf dem Körper und ver-band sich mit der schwarzen Nacht.

Zwei Hände schoben sich über das kalte Gesicht des Patrons. Mit geübtem Griff zogen sie den Mund ausei-nander und fingerten den abgetrennten Kopf aus dem Rachen des Toten. Dann entknoteten sie das Seil vom hölzernen Pfosten und lösten sich in der Dunkelheit der Nacht auf.

Nach einer Woche Karibik hatte Roxanna mehr Farbe bekommen als während des gesamten Sommers.

Gut gelaunt kehrte sie nach Paris zurück, wo sich die Menschen gerade in der grauen Trostlosigkeit des Herbstes auf die nahende Starre des Winters vorbereiteten.

Der Urlaub hatte sie in der Lösung des Falles nicht weiter gebracht. Jedoch war sie gut erholt, was ihr eine günstige Voraussetzung für die weitere Arbeit schien, und sie näherte sich dem Fall unbelastet aller früheren Erwägungen, als sei er ihr gerade frisch übertragen worden.

Zuerst stattete sie Madame Richaud einen Besuch ab. Dies war gewissermaßen die einzige, nicht unbelastete neue Entscheidung, denn sie trug sich schon seit langem mit dem Gedanken. Wenige Menschen verbrachten während des ungastlichen Wetters ihre Zeit auf dem Zentralfriedhof. Roxanna wirkte in ihrer erholten Bräune wie ein provozierender Fremdkörper, der die bleiche Trauer der Friedhofsbesucher störte.

Hier trug man eine vornehme graue Blässe im Gesicht, das zudem durch verquollene Tränen am besten ein wenig aufgedunsen zu sein hatte. Die glatte braune karibische Hautfarbe Roxannas ließ störend daran denken, dass sie durch den Tod eines Anderen in ein vergnügliches Leben zurückgefunden hatte.

Die Kommissarin ließ sich nicht irritieren. Sie kannte sich gut aus auf Friedhöfen. Im Sommer führten ihre Spaziergänge nicht durch die Pariser Parks sondern über die herausgeputzten Totenstätten und hätten ihre Mitbewohner es nicht als abstoßend empfunden, würde sie auch ihre Joggingläufe vom Seine-Ufer auf die Friedhöfe verlegen.

Roxanna stellte sich vor das Grab und ließ die Worte der Inschrift auf sich wirken.

Ruhe sanft - welch gewöhnlicher, nichtssagender Text. Wie konnte jemand in einer vermodernden Holzkiste, zwei Meter tief in feucht-kalter Erde, sanft ruhen? Unwillkürlich tauchte das Bild der Verstorbenen in ihrer Erinnerung auf.

Ich versprach, alles mir Mögliche für sie zu tun, sagte Roxanna.

Das Bild der Toten änderte nicht seinen Ausdruck.

Ein wenig helfen könnten Sie mir schon, fuhr Roxanna fort. Nur zwei Fragen habe ich.

Auf einmal wechselte das Bild, sie sah die Tote, wie sie im Sessel ruhte, nachdem der Polizist sie vom Boden aufgehoben hatte. Mit ausdruckslosem Gesicht starrte die Tote sie an.

Roxanna wehrte sich gegen das neue Bild. Es war gewissermaßen künstlich, durch das Eingreifen des Polizisten erzeugt. Ihr wäre es lieber gewesen, die Tote so vor Augen zu haben, wie sie aufgefunden worden war. In diesem Punkt wurde sie selbst Opfer ihrer Marotte, damals darauf bestanden zu haben, in gleicher Augenhöhe mit der Verstorbenen zu sitzen.

Sie können gleich wieder in ihre Ruhe zurückkehren, beantworten Sie mir nur zwei Fragen

Roxanna wartete eine Weile, das Bild fixierend, ob sich etwas im Ausdruck veränderte.

Kennen Sie einen Alessandro? Italiener, kleiner Bücherdieb, auf die vatikanische Bibliothek spezialisiert.

Die Gesichtszüge der Toten schienen für einen Moment in Bewegung zu geraten. Die Form des Mundes änderte sich ein wenig, als wollte die Tote etwas sagen. Roxanna wartete, bis das Bild wieder völlig regungslos vor ihren Augen stand, dann stellte sie die zweite Frage.

Michelle Denatielle, kennen Sie diese Frau?

Ein kalter Regenschauer brach aus den Wolken, eine kurze Windbö fegte durch die Büsche, im Wirbel der abgestorbenen Herbstblätter verzerrte sich das Bild in eine schreckliche Grimasse. Kreidebleich schlug Roxanna ihre Hände vors Gesicht, den kurz aufgeblitzten Ausdruck auszulöschen, nie zuvor hatte sie eine schrecklichere Grimasse gesehen. Als sie ihre Hände von den Augen nahm, war das Grab mit welken Blättern bedeckt.

Sie hatten dieselbe Farbe wie der Teppich im Wohnzimmer der Toten. Roxanna kam es schlagartig in den Sinn. Auf der unruhigen Zeichnung der abgestorbenen Blätter erkannte sie die Gestalt der Verstorbenen. Es war alles genau wie damals. In dieser Position war Madame Richaud aufgefunden worden. Noch einmal betrachtete sie aufmerksam den vor ihr liegenden Körper.

Warum war es ihr damals nicht aufgefallen? Vom Blick der Toten zog sich eine Linie zum rechten Arm, der seltsam verkrümmt neben dem Körper lag. Von der Hand nur ein einziger Finger, der ausgestreckt war. Er schien auf einen bestimmten Punkt zu weisen.

Wieder schlug Roxanna die Augen zu, sich das Bild genau einzuprägen.

Danke Madame, ruhen Sie sanft weiter. Ich glaube, ich werde Sie nicht mehr stören müssen.

Dann eilte sie im kalten dämmrigen Herbstschauer zurück über den Friedhof, der ungastlichen Stätte vor Einbruch der Dunkelheit zu entrinnen.

Die Villa von Madame Richaud war noch versiegelt. Auf dem Revier hatte Roxanna ein weiteres Mal alle angefertigten Fotos sorgfältig studiert. Abgefüllt mit diesen Bildern setzte sie sich in ihren Rover und begab sich zum Anwesen der Richaud.

In den wenigen Wochen war aus dem gepflegten Garten eine wild wuchernde Landschaft geworden. Gepflegter Rasen hatte sich in eine üppige abblühende Wiese gewandelt, akkurat geschnittene Hecken waren zu zerzausten Pilzköpfen mutiert, einige wilde Katzen saßen in den alten Bäumen und starrten neugierig auf die Besucherin hinunter.

Madame Richaud war nicht verheiratet gewesen, letzter Spross einer eingesessenen Familie. Fünf Prozent ihres gewaltigen Vermögens hatte sie dem Pizzaboten vermacht. Jetzt waren beide tot. Vermutlich würde der Staat seine gierigen Krallen ausfahren und alles im leeren Staatssäckel verschwinden lassen.

Schade, dass Tote nicht mehr geschäftstüchtig sind, dachte Roxanna. Madame Richaud hätte ihr im Falle eines Erfolges posthum die Villa überschreiben können, es wäre doch das Mindeste für ihre Anstrengungen. Die ersten wilden Spuren in der einst steril gepflegten Landschaft entwickelten einen anziehenden Charme. Mit einem enttäuschten Seufzer öffnete sie die versiegelte Eingangstür.

Es hätte ihr vorher klar sein können, grundlos überraschte wich sie einen Schritt zurück. In den Tagen der Abwesenheit war jemand in die Villa eingedrungen und hatte alles auf den Kopf gestellt. Die Kreidezeichnung auf dem Boden war noch vorhanden, jedoch übersät mit Büchern, die aus den Regalen gerissen waren.

Roxannas räumliche Vorstellungskraft war nicht die beste und sie beschloss, ungeachtet irgendwelcher Spuren oder Fingerabdrücke, erst einmal Ordnung zu schaffen. Nur in der vertrauten früheren Umgebung hätte sie eine Chance, dass auf dem Friedhof aufgetauchte Bild mit dem zeigenden Finger für eine sinnvolle Spur zu deuten. Eine halbe Stunde später war die alte Ordnung notdürftig wiederhergestellt. Die Kreidezeichnung lag, von den abgestürzten Büchern entrümpelt, auf dem herbstblätterfarbenen Teppich, der nachgezeichnete Arm entsprach in minutiöser Vollkommenheit der Haltung des Bildes auf dem Friedhof.

Roxanna dachte sich eine Frauenhand an den Kreidestumpf des Armes und ließ in ihren Gedanken einen Finger sich ausstrecken.

Nichtssagend zeigte er auf eine kahle Stelle der Wand. Die Kommissarin betrachtete entmutigt die blasse Tapete, erwartungslos klopfte sie die darunterliegenden Steine ab. Sie glaubte nicht wirklich, einen verborgenen Hohlraum zu finden und ihr Glaube täuschte sie nicht. Sie verlängerte den ausgestreckten Finger mit einer gedachten geraden Linie, ließ sie die Hausmauer durchbrechen und verfolgte die Spur im Garten. Auch hier kreuzten keine Auffälligkeiten ihre Blicke. Resigniert ließ sie sich auf den Sessel fallen.

Umsonst, umsonst der Friedhofsbesuch, umsonst das Studieren der Bilder, umsonst, alles war umsonst gewesen!

Sie jagte irgendeinem Zusammenhang nach, der außer in ihrem Kopf nirgends existierte. Gedankenverloren ließ sie die Zeit verstreichen, zwischendurch immer wieder die Kreidefigur auf dem Boden anstarrend.

Natürlich, schoss es ihr plötzlich durch den Sinn. Tote können keine Treppen steigen. Was, wenn Madame Richaud im Todeskampf wirklich auf etwas zeigen wollte aber nicht hier, nicht im Erdgeschoss, vielleicht im Keller, möglicherweise im Obergeschoss oder sogar auf dem Dachboden. Roxanna überlegte. Sie entschied sich zuerst für das lichtdurchflutete erste Stockwerk. Riesige, vom Boden bis zur Decke reichende Fenster, leiteten das Tageslicht in die Zimmer, sie erstrahlten in den Herbstfarben der launigen Natur. Roxanna betrachtete jedes Zimmer, stellte sich die niedergestreckte Person auf dem Boden vor und verfolgte eine vom ausgestreckten Finger weglaufende Linie. Vergeblich, kein einziger Raum offenbarte das erhoffte Geheimnis.

Blieben der Keller und der Dachboden. Dunkelheit oder Spinnen, dachte Roxanna, wofür entscheidest du dich zuerst?

Sie wählte die Spinnen. Auch dem Dachboden breiteten sich graue Netze zwischen abgestellten Möbeln aus, die Vibrationen ihrer Schritte ließen dunkel behaarte Gebilde blitzschnell in verborgenen Winkeln verschwinden.

Roxanna lief weiter. Sie drehte sich in etwa in die Richtung des Fingers der Toten, versuchte sich ihr Bild vorzustellen und schloss dann die Augen.

Lass dich vom Gefühl leiten, dachte sie, einmal im Leben nur vom Gefühl. Es fiel ihr schwer, zu sehr war sie vom Verstand geprägt.

Mit einem Mal wandelte sich das Bild vor ihren Augen und sie sah eine scheinbar bedeutungslose Holzkiste, vollgepackt mit Gerümpel, am Boden meinte sie staubüberzogene Bücher zu erkennen.

Mühsam versuchte sie, mit ihren Blicken tiefer zu dringen, das Bild wandelte sich aber nicht mehr. Als sie die Augen öffnete fiel ihr Blick wie zuvor auf einen alten Schrank. Beim Öffnen der Tür flitzte ein grauer Schatten über ihre Füße, zum Glück wechselte er nicht in die vertikale Richtung. Kreidebleich holte sie tief Luft, die aufgewirbelten Staubflocken rasten in ihren weit geöffneten Mund, lösten einen heftigen Hustenanfall aus. Angewidert zog sie zerfressene Kleiderreste aus dem

Schrank, wie Sandkörner raschelte der zu Boden fallende Mäusedreck. Unter dem Berg kam eine zweite Holzkiste zum Vorschein. Obenauf alte Puppen mit eingefrorenen Blicken, Stofftiere mit zerfressenem Fell und wirr verschlungene Schreibutensilien.

Vorsichtig schob sie ihre Hand zwischen das Gerümpel. Jede vernünftige Maus, jede vernünftige Spinne musste längst das Weite gesucht haben, redete sie sich ein. Seltsam vertraut kam ihr die Kiste vor, ihre Hände zogen sie durch verwesende, wackelpuddingartige Massen. Sie ließ sich nicht irritieren. Einen Augenblick später hielt sie einen schweinslederumhüllten Gegenstand in der Hand. Beim Öffnen meinte sie, das Quieken des dazu gehörenden Tieres beim Abziehen der Hautschwarte zu hören. Es war jedoch die knarrende Dachbodentür, langsam schloss sie sich, fatalerweise hatte Roxanna das Geräusch nicht richtig zugeordnet.

Roxanna hätte das Geräusch nicht überhören dürfen. In ihrem Job durfte man sich nie von einer Sache derart faszinieren lassen, dass man um sich herum nichts mehr wahrnahm. Sie betrachtete das aufgeschlagene Buch. Es war nicht wirklich ein Buch, vielmehr einzelne Seiten, die mit chirurgischer Präzision aus alten Büchern herausgetrennt worden waren. Handschriftlich angefertigt, mit gestochenem Schriftbild. Die Texte in Latein verfasst, ihrem Verstand blieben sie verschlossen, lediglich einige wenige Worte erkannte sie wieder.

Eines der Blätter ließ sie aufmerken. Auf ihm waren handschriftliche Zusätze vermerkt, die nicht zum ursprünglichen Text gehörten. Die eine Handschrift musste aus derselben Zeit stammen. Es war eine verzitterte unruhige Schrift, mit schmieriger Feder gemalt. Von der gleichen Hand, neben den Einfügungen angebracht, hässlich verzerrte fratzenhafte Gesichter aufgezeichnet, die den Blättern einen unheimlichen Ausdruck verliehen. Vorsichtig drehte Roxanna das Blatt. Auf der Rückseite prangte das überschäumende Bild eines kirchlichen Würdenträgers. Die alte Farbe hatte nichts von ihrer Pracht eingebüßt, der rote Purpur leuchtete wie die aufgehende Sonne, die exakt gemalten Augen stachen aus dem Papier, als wollten sie den Betrachter für immer in schmiedeeiserne Ketten legen.

Roxanna stutzte. Im Mund der Figur steckte der abgetrennte Kopf einer Schlange. Sie konnte es nicht eindeutig herausfinden, ob der abgetrennte Torso, aus dem dicke Bluttropfen auf die Lippen des Mannes flossen, nachträglich hinzugefügt worden war. Möglicherweise von derselben Hand, die, wie altertümliches Graffiti, die fratzenhaften Köpfe auf der Vorderseite hinzugefügt hatte.

Neben dem Sessel, auf dem die üppige Person thronte, schwebte auf einem seidenen Federbett die Figur einer nackten Frau. Nie zuvor hatte Roxanna eine vergleichbar schöne Gestalt gesehen, bei ihrem Anblick überkam sie das Gefühl, selbst schwerelos aus einem Jungbrunnen aufzusteigen. Lediglich im Gesicht wechselte die Schönheit in einige unruhige Züge, die Wirrnis hinter der Fassade des Ausdrucks vermuten ließ.

Mit einer anderen Handschrift waren weitere Zusätze auf dem Bogen angefertigt worden. Frevelhafterweise mit einem einfachen Kugelschreiber, der gedankenlos über die Ehrwürdigkeit des alten Papiers geglitten war. Diese Handschrift kam Roxanna seltsamerweise vertraut vor. Sie besaß ein fotografisches Gedächtnis für Details. Ohne Frage, ihr war diese Handschrift bereits einmal begegnet. Nur wo?

Angestrengt dachte sie nach. Natürlich. Sie griff in ihre Tasche und zog einen Papierfetzen hervor.

Ihre Taschen seien ein Friedhof für Zettel, hatte Sergeant Henry einmal gespottet. Auch ihr früherer Kollege, Sergeant Dudley, war derselben Meinung gewesen.

Es störte sie nicht. Friedhöfe waren interessante Orte, auf denen sich so manche Hilfe erhalten ließ. Nur Offenheit bedurfte es, grenzenloser Offenheit, um von diesem Ort zu profitieren.

Sie verglich die Schrift auf dem Zettel mit Notizen auf den alten Buchseiten. Beide waren identisch. Still las sie die wenigen Zeilen auf dem Papierstück:

Michelle Denatielle, unter dem Namen eine Anschrift. Sie war dieser Frau erst einmal begegnet, damals nach dem tödlichen Unfall dieses Alessandro. Aus purer Gewohnheit hatte sie diese Michelle gebeten, ihre Anschrift aufzuschreiben. Visitenkarten lehnte sie in solchen Situationen ab. Auf ihre Art bekam sie die wertvolle Handschrift eines möglichen Täters und jede Menge DNA-Material, wenn sie möglichst viele bat, auf ein Stück Papier die eigene Anschrift aufzuschreiben. Vielleicht würden später weitere Fragen aufkommen, hatte sie erklärend zugefügt. Und die weiteren Fragen waren aufgetreten. Spätestens jetzt. Was machte die Handschrift von Michelle Denatielle auf den alten Bögen? Und was machten die alten Blätter auf dem verstaubten Dachboden der verstorbenen Madame Richaud.

Fragen, wieder neue Fragen, aber sie brachten Roxanna weiter. Es muss einen Zusammenhang zwischen der toten Madame Richaud und Michelle Denatielle bestehen, wahrscheinlich war irgendwie auch Alessandro, der Bücherdieb, in diese Verbindung verstrickt gewesen.

Plötzlich kam Roxanna ein gänzlich anderer Gedanke. Was würde sie selbst mit solch alten Blättern anfangen? Es schien sehr unwahrscheinlich, dass eine der beiden Frauen, entweder Madame Richaud oder Michelle Denatielle, die alten lateinischen Texte nicht übersetzen ließen, möglicherweise selbst übersetzt hatten. Dann musste die Übersetzung irgendwo im Haus versteckt sein.

Der Keller, durchfuhr es Roxanna plötzlich, der einzige Ort, den sie noch nicht durchsucht hatte. War es nicht sinnvoll, beides möglichst weit voneinander entfernt zu verstecken?

Sie drehte sich um, erst jetzt bemerkte sie, dass die Tür des Dachbodens zugefallen war. Vermutlich ein Windstoß. Fatalerweise konnte sie die Fußabdrücke nicht erkennen, die sich bereits vor ihr auf dem Weg vom Dachboden zum Keller gemacht hatten.

Das Prinzip von Madame Richaud war simpel, wenn man es erst einmal durchschaut hatte. Tatsächlich waren die Übersetzungen im Keller aufbewahrt, in einem ausrangierten Kühlschrank, der in derselben Richtung stand, die der ausgestreckte Finger der Toten eine Etage höher gewiesen hatte. Im schwachen Kellerlicht überflog Rosanna die aus dem alten Latein übertragenen Texte.

… Seine Seele wird nimmermehr die Ruhe finden, von der zu predigen er sich anmaßte. In Ewigkeit wird sein schweineähnlicher, übermästeter Leib den glückselig schwebenden Zustand des Himmels nicht schmecken, die Finsternis seiner Schuld wird nicht von ihm weichen und das Bild der von seinem Hass getöteten Schönheit wird ihm gewandelt und ihn wie ein tosender Schlachtruf des Tages und des Nachts verfolgen. Wer vermag die Anmut deiner Gestalt zu beschreiben, ohne in der Armut seiner Worte sich zu entblößen, nicht der tausendste Teil dessen wiedergeben zu vermögen, was meine Augen geschaut. Die Reinheit deiner Blicke, nie wird sie weichen aus dem dahingefahrenen glücklichen Erinnerungen, meiner Seele zur Quelle des Lebens geworden, aus der zu trinken ein einziger Tropfen meinen Leib mit Labsal und Linderung umhüllte. Welch ein verheerender Schmerz zerwühlt mein Innerstes und wird auch zu der Stunde keine Ruhe finden, da ich die in mir geschriebenen Gesetze mit Hass verdecken werde, Hand an ihn zu legen. Begehren werde ich dennoch nicht einen einzigen Gedanken, nur an deiner Seite in der Stille des

Grabes zu ruhen, dies sei mein letzter dir geweihter Gedanke. Nicht lassen werde ich von dir…

Mit einem heftigen Schlag flog die Kellertür zu, im nächsten Augenblick wurde es pechschwarz, alle Lichter im Haus gingen aus.

Angestrengt lauschte Roxanna in die Dunkelheit. Hinter der Kellertür vernahm sie ein leises Scharren, aus dem ein hämisches Frauengelächter hervorquoll.

Na, Michelle Denatielle, wie gefällt Ihnen das?

Nur ein einziger Satz, dann trat wieder Ruhe ein.

Roxanna überlegte fieberhaft, als die Stimme erneut erklang:

Sie sehen, ich liebe auch Überraschungen… wie Australien! Hat mich 10.000 Euro gekostet. Sie werden die Freundlichkeit besitzen, es mir zurückzuerstatten. Und die 300 Euro Spesen für den schmierigen Portier.

Wieder lachte die Frauenstimme auf.

Zugegeben, Australien war schön. Ich war dumm, auf diesen einfachen Trick hereinzufallen. Wir werden genug Zeit haben, über die Dummheit zu sprechen, Michelle Denatielle.

Michelle Denatielle wiederholte Roxanna leise. Die Frau hielt sie offenbar für Michelle Denatielle.

Hören Sie, ich bin Kommissarin Roxanna vom vierten Revier, antwortete Roxanna. Ich weiß nicht, wer Sie sind. Aber es wäre besser, wenn Sie sofort die Tür öffnen.

Die Stimme schwieg. Wahrscheinlich dachte die Fremde nach. Eine lange Pause trat ein, dann war die Stimme ein weiteres Mal zu vernehmen.

Erzählen Sie etwas von sich und was Sie hier zu schaffen haben.

Die Kommissarin überlegte. War es Hinhaltetaktik? Wäre es besser, die Aufforderung zu ignorieren?

Gut antwortete Roxanna. Ich bin Kommissarin vom vierten Revier. Ich ermittle im Mordfall Madame Richaud. Sie werden verstehen, dass Einzelheiten dem Dienstgeheimnis unterstehen. Warum halten Sie mich für Michelle Denatielle?

Roxanna stockte.

Reden Sie weiter, schrie die Fremde durch die Tür, reden Sie, reden Sie, immer weiter, bis ich Ihnen erlaube, aufzuhören.

Die Fremde schien psychopathisch veranlagt, durchfuhr es Roxanna und sie fuhr fort, irgendwelch belangloses Zeug von Kollegen wie Sergeant Henry und Sergeant Dudley zu erzählen.

Plötzlich wurde sie von der Stimme unterbrochen.

Nennen Sie mir die Telefonnummer Ihres Reviers, forderte die Fremde.

Es war nicht die Bedeutung der Worte, die Roxanna erstarren ließ, vielmehr der Klang, den die Stimme plötzlich angenommen hatte. Die Fremde klang auf einmal wie sie, der gleiche Tonfall, dieselben Schwingungen und Wortmelodien.

Wie hypnotisiert gab Roxanna ihre Telefonnummer an.

Sie hörte das Klicken des Telefons. Kurz darauf hörte sie sich selbst draußen sprechen.

Sergeant Henry, wie geht's? Wollte mich nur melden. Ich habe eine heiße Spur in London. Sagen Sie dem Chef, dass ich sofort eine Woche nach London fahren muss. Hier liegt der Schlüssel für unseren Mordfall. Finde ich hier nichts, hänge ich einige Tage in Rom an. An einem dieser Orte liegt der Schlüssel.

Eine kleine Pause trat ein, danach ein Lachen. Es war unglaublich, Roxanna hörte sich selbst draußen an der Kellertür lachen.

Natürlich Sergeant Henry, Sie sind immer noch der Alte. Vertreten Sie mich gut. Spätestens in zwei Wochen bin ich zurück.

Dann legte die Fremde den Hörer auf.

Erst langsam erwachte Roxanna aus ihrer Hypnose. Die Fremde war ein Sprachgenie. Die Frau hatte sie nur reden lassen, um sich ihre Stimme einzuprägen. Und dann, es war unfassbar, die Fremde hatte sie, Kommissarin Roxanna, für eine Woche vom Dienst abgemeldet. Es bedeutete nichts anderes, als dass diese Psychopathin vorhatte, sie eine Woche, oder für immer, eine Woche ist ein großer Vorsprung, im Keller der verstorbenen Madame Richaud einzusperren.

Doch was wollte diese unheimliche Frau mit einer unbeteiligten Polizeikommissarin? Dumpf vernahm Roxanna, wie sich die Schritte entfernten. Noch wusste sie nicht, dass es mehrere, nämlich fünf Tage dauern würde, bis die Fremde zurückkehrte. Fünf Tage und keinen Bissen Brot, ohne einen Tropfen Wasser, ohne einen Funken Tageslicht.

Auf den Tag genau vor 20 Jahren ging der Sekretär des ehrerbietigen Hochwürden in die alte Bibliothek. Für die Predigt am höchsten christlichen Feiertag, der in drei Wochen über die Gläubigen hereinbrechen würde, war seiner Exzellenz der Gedanke - christlich ausgesprochen, die Inspiration gekommen, auf etwas Altes zurückzugreifen, um den heftigen Neuerungen der Zeit ein bollwerkendes Panier entgegenzusetzen.

Ein Gedanke zum Zölibat oder zur Abtreibung, ein Gedanke zur Vorherrschaft der Männer in der alten Kirche, ein Gedanke über den abgefallenen modernen Menschen, war es nicht sinnreich, einen in der gewaltigen Sprache der Vorväter gewandten Gedanken zu benutzen, den anstehenden hohen Festtag gebührend zu begegnen?

Er solle sich auf Intuition verlassen, war dem Sekretär aufgetragen worden. Deshalb lief er ziellos durch die prunkvoll aufgestellten Bücherreihen, ließ Blicke über kräftige Ledereinbände schweifen und versuchte, an nichts zu denken. Unvermittelt blieb er stehen, schloss seine Augen und griff geschwärzt von der eigenen Intuition in das kunstvolle Regal.

Ein breites Buch klemmte zwischen seinen Fingern, als er die Hand zurückzog. Der so Beauftragte lief zum nächsten Schreibplatz, an einem der alten Tische das erwählte Buch nach Brauchbarem zu durchsuchen. Seine

Augen überschlugen alte lateinische Texte, unterbrochen von filigranen Randzeichnungen, frühere Kirchenexzellenzen darstellend. Er bewegte sich in einer Zeit, die 500 Jahre rückwärts lag und versuchte mit jedem Wort mehr in die alten Sphären einzudringen. Die prachtvolle, überladene barocke Sprache nahm ihn gefangen, immer tiefer verstrickte er sich in die alten Predigten und Lebensgeschichten der hochgewandelten Kirchenpatronen früherer Jahre. Mit einem Mal stellte er einen Bruch in dem weiterlaufenden Text fest, irritiert blickte er auf die Seitenzahl. Es fehlte ein Blatt. Seine Augen fixierten den leergewordenen Platz, mit chirurgischer Präzision war die Seite herausgetrennt worden, nur durch die Unterbrechung des Textes fiel ihr Fehlen auf.

Der Sekretär seiner Exzellenz blätterte weiter. Die nächste Seite fühlte sich schwerer an, noch bevor er sie gewendet hatte. Er überwarf das Blatt und sah in die Abbildung eines alten Propstes. Er lag bäuchlings auf einer seidenen Bettstatt, unter seinem Körper waren Teile eines unbekleideten Frauenkörpers erkennbar. Das Ganze keine Handzeichnung aus alter Zeit, es war eine computeranimierte Transkription auf Hochglanzpapier, adaptiert an die Jetztzeit. Die Hände des Sekretärs zitterten, mühsam hielt er das Buch umklammert. Wer hatte den Frevel begangen, dem Buch eine Seite zu entleiben? Wer hatte den Frevel begangen, die ehrwürdige Gestalt in diese verwerfliche Stellung zu transkribieren. Er klemmte seine Finger in die wundengleich geschundene Stelle, verließ eilends die Bibliothek, seiner Ehrwürden die böse Neuigkeit zu übermitteln.

Die Reaktion war vorhersehbar.

Schweigen Sie, befahl seine Exzellenz, der ehrerbietige Hochwürden, um Himmels willen, schweigen Sie. Schweigen Sie, wie ein Grab!

Die letzten Worte ließen plötzlich eine kühle Stille im Raum aufkommen, fast hatten sie den fahlen Beigeschmack einer Drohung, falls der Angesprochene den Rat nicht befolgte.

Der Sekretär verstand. Die Kirche scheute die Polizei wie der Teufel das Weihwasser. Polizei in den ehrwürdigen Mauern. Undenkbar! Vielleicht mochten hier Verbrechen geschehen sein, es war aber noch längst kein Grund und war es auch all die Jahrhunderte vorher nie gewesen, die Polizei zu rufen. Stattdessen berief man sich auf die Gerechtigkeit Gottes, die wie ein unsichtbarer Fluch dem Verbrecher hinterhergeschickt wurde, was den Bewohnern der alten Mauern wieder ein ruhiges Gewissen verschaffte, während der unsichtbare Verbrecher vom scharfen Schwert der Gerechtigkeit in die dunkle Erde hinabgejagt wurde.

Ein Tag wurde länger als der nächste. Die Nacht und der Tag waren bald nicht mehr voneinander zu unterscheiden, ebenso wenig Durst und Hunger. Alles war zu einer schwarzen Masse aus Angst, Dunkelheit, Schmerz, Trostlosigkeit, Todesahnung verschmolzen.

Während der ersten beiden Tage vernahm Roxanna noch die Stimme der Fremden, ihre Schritte, die durch das Haus fegten, das Zuschlagen von Türen, manchmal heftige Geräusche, wenn der Inhalt von Schränken auf den Boden krachte.

Es folgten zwei Tage mit Totenstille, die vertraut gewordenen Geräusche waren verschwunden, nichts unterbrach die endlose schwarze Ruhe des Kellergewölbes. Roxanna hatte jeden Winkel des Raumes untersucht. Er war wie ein Bunker angelegt, meterdicke Wände, an wenigen Stellen unterbrochen durch verwinkelte zentimeterschmale Schächte nach draußen, im Ernstfall die Luftzufuhr zu sichern. Jemand hatte die Schächte zugemauert, die einzige Verbindung zur Außenwelt. Nur die Kellertür verband den Raum nach draußen, nachträglich war die schwere Bunkertür ersetzt worden und ließ im erträglichen Maß frische Luft und Sauerstoff hinein.

Eine einzige Konserve hatte Roxanna in einer Ecke des Raumes aufgespürt. In der Dunkelheit war die Aufschrift nicht zu erkennen. Sie benötigte mehrere Stunden, um ein Loch in die Dose zu schlagen. Ein seltsamer Geruch entquoll der Öffnung, fleischartig, nicht mehr frisch. Lange dauerte es, bis sie den Geruch zuordnen konnte. An früher wurde sie erinnert, als Mädchen besaß sie einen Hund, dasselbe Aroma entströmte damals den Hundefutterdosen. Es war keine Frage der Entscheidung, auch wenn es ihr schwerfiel. Sie versuchte die Gedanken zu unterdrücken, was in dieser Dose verarbeitet war, dennoch tauchte unentwegt das Bild eines riesigen gefüllten Pansens in der Dunkelheit auf, der sich unter schmatzenden Lauten in die Dose zwängte und dort mit leisem Rumoren unentwegt drehte. Nach dem ersten Bissen hätte sie kotzen mögen, doch ihr ausgemergelter Körper behielt die ungewohnte Nahrung bei sich. Nach wenigen Minuten gewöhnte sie sich an den schwarzen Brei und stopfte den Rest in sich hinein. Einen Whisky hätte sie jetzt gebraucht, alles klarzuspülen, die eigenen Innereien durch den Alkohol zu desinfizieren. Dergleichen war nicht zu finden und so blieben die Reste des verschlungenen Pansens für die nächsten Stunden zwischen ihren Zähnen, um dort von üblen Bakterien zersetzt zu werden.

Sie konnte der Fremden noch verzeihen, dass sie sie eingesperrt hatte, vielleicht. Das mit dem Hundefutter würde sie ihr nie vergeben. Es würde Hunderte von Möglichkeiten geben, das Strafmaß der Fremden zu verdoppeln. Alle Tricks hatte sie im Laufe ihres Berufslebens kennengelernt. Doch dazu musste sie erst einmal heraus, ihr Kellergefängnis verlassen, um die Andere hinter Gitter zu bringen.

Es war der fünfte Tag, als Roxanna die Dose fand. Nach einigen Stunden spürte sie neue Kräfte, die in ihren Körper zurückkehrten, nur für kurze Zeit. Danach hängten sich zahllose Bleigewichte an ihre Gliedmaßen und zerrten sie auf den kalten Kellerboden. Wie von weit entfernt vernahm sie Schritte, einen Schlüssel, der sich in einer Gefängnistür drehte. Licht, seit Tagen die ersten Lichtstrahlen, die in den Bunkerraum fielen und dahinter das kalte Gesicht der Fremden.

Stehen Sie auf, sagte die Frau, aber beeilen Sie sich.

Stehen Sie auf, wiederholte Roxanna sarkastisch, an ihren Gliedern hingen tonnenweise Bleigewichte. Wie um alles in der Welt sollte sie aufstehen?

Als sie sich nicht bewegte, trat ihr die Fremde in die Seite.

Sie brauchen sich nicht zu verstellen, sagte sie barsch, Ihr von der Polizei seid doch gut trainiert. Fünf Tage ohne Essen, das steckt Ihr doch mit links weg.

Die Fremde wartete einen Augenblick. Als sich die Kommissarin immer noch nicht rührte, griff sie Roxanna unter die Arme und schleifte sie die Kellertreppe hoch. Oben hatte die Fremde ein Zimmer eingerichtet, wie der Raum eines Polizeireviers. Sie zerrte Roxanna auf einen Stuhl, ließ ihr das grelle Licht einer Tischlampe in die entwöhnten Augen gleißen und steckte sich eine Zigarette an.

Sie werden mir alles über Michelle Denatielle erzählen, sagte die Frau. Dabei starrte sie auf die brennende Zigarette.

Es könnte sein, dass ich keinen Aschenbecher finde, fügte sie sarkastisch hinzu. Wäre doch schade. Aber lassen wir das und fangen Sie endlich an.

Michelle Denatielle stand an diesem Tag sehr früh auf. Vielleicht hätte sie jemanden bestechen können, der sie an der Warteschlange vorbei in die Vatikangemächer ließ, schließlich war sie im Süden. Sie verzichtete darauf, es könnte auch zu einem Bumerang werden, der die Beteiligten sich später an sie erinnern ließ. Als sie auf die Straße trat, war es eine Stunde vor Öffnung der Bibliothek, ca. 200 Menschen hatten sich bereits zu einer Schlange aufgestellt, die regungslos im kühlen Morgen verharrte. Vor ihr stand eine junge Frau mit einem kleinen Jungen, schwarze Haare, tiefblaue Augen wie das Meer im Süden des Landes. Hinter einer vergessenen Nachtwolke brach müde die Sonne hervor und wärmte mit ersten Strahlen die Leiber der noch müden Menschen.

In kurzer Zeit hatte sich auch hinter Michelle eine längere Schlange gebildet. Nach einer Stunde begann sich das Gebilde langsam vorzuschieben. Der Anfang der wartenden Menschenkette befand sich, ihren Blicken verborgen, hinter zwei Häuserecken, eine Tür musste sich geöffnet haben, die Wartenden mit aufgerissenem Schlund in die alten Gemäuer zu verschlingen.

Michelle brauchte nicht ihre Beine zu bewegen, sie ließ sich vom leichten Sog der vorwärts rollenden Schlange mitziehen und stand nach 20 Minuten vor der sterilen, nüchternen Eingangstür des Museumskomplexes. Sie gab sich orientierungslos, um sich mit den Räumlichkeiten vertraut zu machen. Nach dem Schließen würden sicherlich große Putzkolonnen durch die Prunksäle rollen, besonders durch den Eingangsbereich und die sanitären Einrichtungen. Es war zu billig, sich hier zu verstecken, wer weiß, wie viele dies vor ihr versucht hatten. Michelle ließ sich von der Masse weiter forttreiben. Wie ein träger Strom quollen die Menschenleiber durch die alten Räume. Die Wände waren überfrachtet mit riesigen Gemälden, in einigen Zimmern blieb keine einzige Stelle unbedeckt von den goldumrahmten Bildern, eines prächtiger als das andere. Gerade meinten die überwältigten Sinne, keine Steigerung mehr ausmachen zu können, offenbarten sich im nächsten Gemach noch kunstvollere Arbeiten und stürzten mit dem Gewicht ihrer Vollkommenheit auf den Betrachter hinab. Michelle vergaß ihr eigentliches Ansinnen. Mit jedem Gemälde tauchte sie in die vergangene Zeit ein, die abgebildeten Personen begannen in der Hitze des Sommertages, in der glühenden Luft, zu vibrieren und setzten sich in Bewegung.

In fremdartigen Klängen sprachen sie miteinander, untermalt von sparsamen, wohl geformten Gesten. Die abgebildeten Gegenstände fielen von der Leinwand ab und bauten sich in den schmalen Gängen auf, wirklicher als die Realität.

Ein unbeschreibliches Gefühl, Mixtur aus Glück, Gebanntheit, Neugier, Faszination und vielem mehr, machte sich in Michelle breit. Wie in Trance schwebte sie durch die Räume, alles um sie herum war menschen-leer, nur die zum Leben erwachten alten Gestalten umgaben sie.

Michelle schreckte erst hoch, als sie der Strom in einen gewaltigen, holzgetäfelten Raum fortgerissen hatte. Vor den Wänden hatten sich mit der Akkuratesse von Gardeoffizieren Regale aufgebaut, die überquollen mit alten, in Leder gebundenen Büchern.

Schlagartig erwachte Michelle, der Grund ihres Besuches schoss ihr durch den Kopf, riss sie aus der unwirklichen Welt in die nüchterne Umgebung der um sie herumstehenden und in der Sonnenglut schwitzenden anderen Besucher.

Tausende von Büchern harrten hinter gläsernen Verschlägen, wie ein unsichtbarer Magnet wurde Michelle vom verborgenen alten Wissen angezogen. Wie sollte sie in der Unendlichkeit der geschrieben Seiten die richtige finden? Sie tröstete sich, dass jeder Fehlversuch sie mehr in die alte Welt eintauchen lassen würde. Außerdem hatte sie sich vorbereitet und konnte recht gut eingrenzen, an welcher Stelle des Saales sie suchen musste.

Jetzt galt es nur noch, ein Versteck für sich selbst zu finden, um in der Nacht, wenn die alten Räume leergefegt und auch die zum Leben erwachten Personen wieder im Schlaf versunken waren, das andere Geheimnis, ihr Gegenstück, zu finden. Sie hatte ein gutes Gefühl, seit heute Morgen wusste sie, dass es ein guter Tag werden würde. Und endlich hatte sie einen Platz in dem riesigen Gebäudekomplex ausgemacht, der sie bis zur Dunkelheit der Nacht verschlingen würde. Bald, nicht mehr lange, und sie würde das Geheimnis in ihren Händen halten.

Wir haben dieselben Interessen, sagte die Fremde und blickte dabei gleichgültig auf die Kommissarin herab. Sie sind eine Frau von Ehre. - Kurz lachte sie auf. Eine Frau von Ehre, gut, so ein Gefühl sollte heute nicht mehr zu finden sein. Sagen wir besser: Sie sind eine Frau, die ihr Wort hält. Denke ich jedenfalls. Ihre Augen verraten es. Sie sind neugierig, aber nicht hinterhältig. Ihnen fehlt dieser übliche Begleiter des Ehrgeizes. Sie sind nur zielstrebig, gehen nicht über Leichen. - Wieder lachte die Fremde auf.

Manchmal in Ihrem Beruf vielleicht doch, im tatsächlich Sinn. Sie gehen über Leichen. Das ist okay. Sie gehen ehrlicherweise über Leichen, das spricht für Sie.

Die Fremde hielt kurz inne, gleich darauf fuhr sie fort.

Ich will keinen Monolog halten. Ihre Freiheit gegen meine Freiheit... und ein paar Auskünfte.

Roxanna überlegte. Ihr Wort würde sie binden, damit hatte die Fremde Recht und sie traute es der Anderen zu, abzuhauen, eine Kommissarin elendig verhungern zu lassen.

Ich werde alles vergessen. Alles, was in den letzten Tagen geschah. Sie haben mein Wort.

Die Fremde nickte erleichtert.

Sie sind vernünftig. In Ihrer Lage wäre auch ich vernünftig. Aber Sie sind es, weil Sie klug sind. Was denken Sie über meine andere Bedingung?

Die Informationen? fragte Roxanna zurück.

Ja, einige Informationen. Sehen Sie, wir beide sind hinter derselben Person her. Ich schlage Ihnen einen fairen Wettkampf vor. Sie geben mir Ihre Informationen und ich teile etwas von meinem Wissen, dann lasse ich Sie laufen.

Was werden Sie mit Michelle Denatielle machen, wenn Sie sie gefunden haben? Sie suchen doch diese Michelle Denatielle.

Ich habe Sie nicht unterschätzt, antwortete die Fremde. Zuerst dachte ich, dass es Michelle Denatielle war, die damals ins Haus kam. War eine schöne Bescherung, als ich feststellte, dass mir stattdessen eine Polizistin ins Netz gegangen war. Was hätten Sie an meiner Stelle getan?

Wahrscheinlich wäre ich einfach abgehauen, erwiderte Roxanna. Hätte die Tür verschlossen gelassen und wäre abgehauen. Eine halbwegs normale Polizistin kann sich aus einer verschlossenen Tür befreien. Es wäre für uns beide die beste Lösung gewesen.

Vergangenheit, unterbrach die Andere. Lassen wir das, was geschehen ist. Wie stehen Sie zum zweiten Teil, den Informationsaustausch?

Roxanna bemerkte, dass es ohne diesen Teil der Bedingung keine Freiheit für sie geben würde. Unwillig stimmte sie zu.

Ich habe wohl keine Alternative.

Die Fremde bestätigte ihre Vermutung und ging sogar noch ein Stück weiter.

Plötzlich erhob sie sich und löste Roxanna die um Hand- und Fußgelenke geschwungenen Fesseln.

Setzen Sie sich, sagte die Fremde auf einmal übertrieben freundlich. Lassen Sie uns ein wenig über diese Michelle Denatielle sprechen. Ich denke, jeder von uns wird davon profitieren.

Ehe sich Roxanna versah war sie in eine zwangslose Unterhaltung verwickelt. Später wunderte sie sich, wie freimütig sie einige Details ihrer bisherigen Ermittlungen preisgegeben hatte. Die Fremde musste psychologisch ausgebildet sein. Unmerklich hatte sie die bedrohliche Atmosphäre der vergangenen Tage in die Gemütlichkeit eines Kaffeeklatsches zweier mittelalterlicher Frauen verwandelt. Vielleicht waren es auch die Entsagungen der vergangenen Tage, weshalb Roxanna derart reagierte. Sie war ein mitteilsamer Mensch, etliche Tage hatte sie mit niemandem geredet. Die Unterhaltung war wie die Rückkehr ins Leben.

Nach einigen Minuten unterbrach die Fremde das Gespräch. Offensichtlich hatte sie alle wesentlichen

Informationen erhalten. Abrupt kehrte Roxanna wie aus einem hypnotisierten Zustand in die Realität zurück.

Sie haben meine Frage von vorhin nicht beantwortet, warf Roxanna in die Stille ein. Was wollen Sie mit Michelle Denatielle machen?

Es entstand eine lange Pause. Endlich, als Roxanna schon nicht mehr mit einer Antwort rechnete, erwiderte die Angesprochene:

Ich war in Australien. Hatte einige Spesen. Die Reise verdanke ich dieser Michelle Denatielle. Ich will mir nur meine Unkosten zurückholen. Mit Spesen.

Roxanna verstand. Ab jetzt wurde wieder mit verdeckten Karten gespielt.

Erlauben Sie mir eine letzte Frage, bat die Kommissarin. Dieser Alessandro, haben sie ihn gekannt?

Die Fremde reagierte nicht. Auf einmal rollten einige Tränen aus ihrem rechten Auge. Wortlos erhob sie sich. Sie reichte der Kommissarin die Hand.

Verzeihen Sie die Umstände. Es hat mich dennoch gefreut, Sie kennenzulernen. Wenn es gegen eine gefährliche Frau geht, sollten wir Frauen zusammenhalten. Sehen Sie, das ist der Unterschied. Bei den Männern klappt es niemals. Hitler, Stalin, Mao, all diese irrsinnigen, bekloppten Tyrannen, sie wären nichts anderes als ein Häufchen hingerotzter Dreck, wenn die anderen

Männer zusammengehalten hätten. Wir Frauen sollten es anders machen.

Ohne eine weitere Regung drehte sich die Fremde um, durchquerte mit federnden Schritten den Raum und entschwebte gleichsam wie ein Engel. Roxanna blieb allein zurück. Gab es denn nur noch Verrückte auf dieser rotierenden Erdkugel?

Aus ihrem sicheren Versteck vernahm Michelle Denatielle die Geräusche der Putzkolonne, die eilig durch die Räume fegte. Nur selten drangen italienische Wortfetzen an ihr Ohr, wenige Minuten dauerte der verborgene Wirrwarr, bis sich Arbeitsgeräusche und Sprachfetzen entfernt hatten. Sie hatte sich gut vorbereitet und wusste vom Rundgang des Nachtwächters in einer Stunde. Fit war sie und würde auch diese Zeit in ihrem engen Versteck meistern.

Vor ihren Augen schwebten noch vereinzelt lebendig gewordene Personen von den prächtigen Gemälden, ihre glitzernden Umhänge funkelten wie Sternengebilde am italienischen Nachthimmel. Gedankenversunken träumte sie vor sich hin, bis sie plötzlich Schritte vernahm, direkt auf sie zukommend.

Michelle Denatielle hielt den Atem an, es konnte sich nur um den Routinerundgang des Nachtwächters handeln. Die Schritte beschleunigten sich, kurz vor dem Verschlag hielten sie inne, wenige Minuten absoluter Stille traten ein, dann entfernte sich die Nachtgestalt wieder.

Sicherheitshalber wartete Michelle Denatielle noch fünf Minuten, bevor sie aus ihrem Versteck kroch. Sie hatte kaum die im Dunkeln ruhende Bibliothek betreten, als sie durch die Fenster etwas Seltsames wahrnahm. Wie auf Knopfdruck erloschen die Lichter der ihr zu Füßen liegenden Stadt, von einem Moment zum anderen war Rom in einer schwarzen Lache verschwunden.

Ihr Gefühl hatte sie nicht getäuscht. Es sollte ein guter Tag für sie werden. Und ihr Gefühl brauchte sie jetzt. War nicht alles in diesem riesigen Gebäudekomplex auf Gefühl, auf Intuition aufgebaut? Warum sollte sie sich dort, wo diese Instrumente zu Hause waren, nicht auch solcher Mittel bedienen?

Andächtig schritt sie die Reihen der in Dunkel getauchten Bücher ab. Losgelöst wartete sie auf ein bestimmtes Gefühl, das ihre Beine zum Stehen bringen würde. Lange musste sie nicht warten. Eine sanfte Wärme durchflutete ihren Brustkorb, wandelte sich in eine nie gekannte Hitze, die ihr Gesicht in der schwarzen Nacht aufglühen ließ. Mit ruhiger Hand griff sie nach dem Buch, das sich unmittelbar in Augenhöhe vor ihr befand, wie ein Merkzeichen war es einige Zentimeter aus der Reihe der anderen Bände vorgerückt, als erwarte es bereits den Besucher. Ein kunstvolles Lesezeichen aus abgeschnittenem Frauenhaar teilte das Buch. Als Michelle es am Zeichen aufschlug, wusste sie im Schein der Taschenlampe sofort, dass sie ihr gesuchtes Ziel auf Anhieb gefunden hatte.

Mit einem Skalpell trennte sie drei Seiten heraus, klappte das schwere Buch wieder zusammen und stellte es ins Regal zurück. Kaum hatte sie den Band zurückplatziert, hörte sie plötzlich wieder dieselben Schritte von vorhin. Sie schaltete die Taschenlampe aus und hastete in den Verschlag zurück. Ihr heftiger Atem benetzte die schwarze Luft, wieder kamen die Schritte direkt auf sie zu.

Dieses Mal verharrten sie nicht. Unaufhaltsam näherten sie sich, stoppten noch immer nicht, bis sie hart am Verschlag anstießen. Die Hand eines Unbekannten griff zur Tür und riss sie auf. Ein greller Lichtstrahl fuhr Michelle Denatielle in die Augen. Vor ihr stand ein Mann, trotz der schwachen Beleuchtung konnte sie ihn deutlich erkennen. Es traf sie wie ein Blitz. Der Mann glich diesem Alessandro bis auf die Haarspitzen, doch dieser Alessandro, er war doch vor Wochen durch den geöffneten Fahrstuhlboden in den Tod gestürzt. Nun stand er ihr gegenüber in der Bibliothek des Vatikans, mitten in der Nacht, und draußen lag die Stadt in der schwarzen Lache des Stromausfalls.

Sie sehen mitgenommen aus, Roxanna. Kein Glück gehabt?

Sergeant Dudley grinste. Sieben Tage Erholung lagen hinter ihm. Roxanna musste nicht denken, dass er große Anstrengungen in ihrer Abwesenheit unternommen hatte. Sein bester Helfer war die Zeit. Manche Verbrechen lösten sich durch Zufall selbst auf, andere versanken im Desinteresse der Vergangenheit. Er brauchte nur in seiner Amtsstube zu sitzen, sitzen und warten, bis sich die Zeit für einen der beiden Wege entschieden hatte. Warum diese anstrengenden Reisen unternehmen, wie die Kommissarin?

Roxanna nickte. War ein bisschen viel, sie haben recht.

Wer hat Sie gefesselt? fragte Dudley.

Roxanna fuhr innerlich zusammen. Erst jetzt bemerkte sie die Striemen an ihren Handgelenken, Dudley war es sofort aufgefallen.

Niemand, antwortete Roxanna trocken, wie kommen Sie darauf?

Dudley schwieg. Jedoch nur für einen kurzen Augenblick.

Ich bin länger Polizist als Sie. Bin nicht Ihr Vorgesetzter, gut, aber sagen Sie mir, wer Sie gefesselt hat. Oder haben Sie den Masotrip entdeckt?

Können Sie schweigen Dudley?

Der Sergeant bejahte.

Sie dürfen mich nicht verraten. Kennen doch unseren Chef. Ich habe zwei Tage der Reise bei meinem Bruder in London verbracht. Privat, verstehen Sie. Dienstreise und davon zwei Tage einen privaten Abstecher. Liest sich nicht gut in einem Protokoll, oder? Ob Sie es glauben oder nicht. Ich musste mit meinem Neffen einen ganzen Tag Räuber und Gendarm spielen. Sie glauben nicht, wie brutal Jungs veranlagt sind, wenn sie eine richtige Polizistin in die Hände bekommen. Naja, hat auch Spaß gemacht. Einfach abschalten, alles vergessen, diese miese Amtsstube, unseren Chef, die drei Toten, blickt doch sowieso niemand mehr durch.

Sollen wir die Akte schließen? fragte Dudley. Wie ich heraushöre, haben Sie ohnehin nichts Neues mehr herausfinden können. Dann gilt doch Ihre erste Theorie. Das Protokoll haben Sie bereits geschrieben. Sie brauchen nur die Lücken ausfüllen. Habe eh nicht verstanden, warum Sie diese großen Lücken im Protokoll offen gelassen haben. Schließen Sie den Fall einfach ab, der nächste Mord kommt bestimmt. Neues Spiel, neues Glück.

Sie haben Recht, Dudley. Manchmal haben Sie einfach nur Recht. Gut zu wissen, dass Sie schweigen können.

Wegen der zwei Tage?

Roxanna nickte.

Ich kann schweigen, das stimmt, wiederholte Dudley. Sie sind doch bei der Polizei. Langsam sollten Sie gelernt haben, dass es bei all diesen Verbrechen nur um Leistung und Gegenleistung geht. Ich meine, zwei Tage Kinder bespielen auf Staatskosten.

Dudley lachte laut auf.

Natürlich werde ich schweigen. Und in zwanzig Jahren werde ich schweigen wie ein Grab. Aber Sie, Sie werden eine Woche, verstehen Sie, das sind sieben lange Tage, Sie werden eine Woche lang den Kaffee für das gesamte Revier kochen.

Dudley grinste. Er wusste, wie sehr Roxanna dies hasste. Er wusste auch, dass er einen kleinen Sieg davon getragen hatte. Und er genoss dieses Gefühl.

Wissen Sie Dudley, antwortete Roxanna. Wissen Sie wie viele Menschen unentdeckt ermordet werden. Die beste Methode ist immer noch Arsen mit Kaffee. Ich denke, eine Woche wird dafür ausreichen.

Dann will ich aber in Ihren Armen sterben, brach es aus Dudley hervor. Auf dem Revier, hier im Dienst. Und Sie, Roxanna, Sie drücken mir die Augen zu.

Dudley wurde melancholisch. Hat meine Mutter als Kind mit mir immer gemacht, jeden Abend.

Und vergessen Sie nicht, die Traueranzeige für den alten Dudley aufzusetzen. Sie haben doch Fantasie und literarisches Talent. Ihre Protokolle lesen sich wie ein Roman.

Dudley sah Roxanna an, dann fuhr er süffisant fort:

Wie ein Roman, auch der Inhalt.

Einige Minuten verstrichen, bis Michelle Denatielle zu sich fand. Entgeistert starrte sie auf den Mann, der im Dunkeln vor ihr stand. Nur der Lichtkegel der Taschenlampe erleuchtete die Konturen der Gestalt.

Sie werden mich für verrückt halten, stotterte Michelle, aber darf ich Sie einmal berühren. Ich kann sonst nicht glauben, dass Sie kein Geist sind.

Der Mann ließ sie gewähren. Tun Sie sich keinen Zwang an. Aber keine fiesen Tricks.

Erst jetzt sah Michelle, dass der Mann ein aufgesprungenes Messer in seiner rechten Hand hielt. Direkt auf sie gerichtet. Trotzdem streckte sie ihren Arm nach vorne und tippte dem Anderen auf die Schulter. Es war tatsächlich etwas zu spüren. Vor ihr stand dieser Alessandro, der aus ihrem Appartementfahrstuhl in den Tod gestürzt war.

In meinem Beruf besitzt man besser zwei Leben, sagte der Mann. Irgendwann kommt der Augenblick, wo man das zweite Leben braucht.

Sie waren nicht tot? Es ist unmöglich, den Absturz zu überleben.

Was Sie nicht sagen. Ich nehme an, dass Sie sich alles sehr genau überlegt haben. Wie viele haben Sie auf diese Weise beiseitegeschafft?

Niemanden, antwortete Michelle, auch Sie nicht. Es war ein Unfall. Glauben Sie mir.

Ich glaube schon, allerdings nicht die Polizei. Diese Kommissarin ermittelt weiter, könnte langsam unangenehm für Sie werden.

Der Mann hielt das Messer in die Höhe.

Sehen Sie, wenn man Sie hier tot findet. Niemand wird auf einen gewissen Alessandro kommen. Tote töten nicht. Ist doch simpel, oder? Machen Sie sich wegen des Unfalls keine Gedanken, es hat mich keinen einzigen gebrochenen Knochen gekostet.

Ich verstehe nicht.

Wir haben alles zusammen gemacht, antwortete der Mann. Irgendwann stand die Berufswahl an. Alessandro der Erste hat sich für Verbrecher entschieden. Damit war die Entscheidung für mich, für Alessandro der Zweite, klar. Eine Abmachung, verstehen Sie? Ich durfte die erste gemeinsame Freundin aussuchen, mein Bruder dafür den ersten gemeinsamen Beruf.

Ihr Bruder?

Genauer gesagt, Zwillingsbruder. Mein zweites Leben. Sehen Sie, irgendwann braucht jeder ein zweites Leben. Das mit Alessandro ist schade. Aber ich habe mir angewöhnt, alles nüchtern zu betrachten. Seit seinem Tod bin ich doppelt so reich wie früher. Ich habe jetzt nicht mehr nur eine halbe Frau, und - Alessandro seufzte - ich muss jetzt doppelt so viel arbeiten. Und alles verdanke ich Ihnen.

Die ganze Frau ist bestimmt diese Alessia, brach es aus Michelle heraus.

Sehen Sie, verdammt klug von Ihnen. Zu klug, zischte der Fremde.

Im selben Moment hob er das blitzende Messer in die Höhe der schwarzen Nacht.

Roxanna erfuhr von der Tat aus der Zeitung. In Italien waren alle Blätter damit übersät, wie von einem gefährlichen, widerlichen Ausschlag. Im Ausland war die Aufmachung weniger gewaltig, reichte jedoch, um einen halbwegs aufmerksamen Leser in die Augen zu springen.

Tod im Vatikan.

Blut auf der Geschichte (gemeint waren wohl die alten ehrwürdigen Bücher, die jetzt mit Blut befleckt waren).

Viele andere Schlagzeilen wandten sich wie schwarze Schlangen über das Zeitungspapier, darunter stand aufmacherisch in blutrot der Text über den Vorfall.

Warum Roxanna von dem Ereignis magisch angezogen wurde stellte sie erst fest, nachdem sie intuitiv am Bahnhof ein paar italienische Zeitungen gekauft hatte, um über die Tat mehr zu erfahren. Auf einigen Blättern war das Opfer abgebildet. Sie erkannte es sofort wieder, automatisch ratterten in ihrem Kopf die Fakten des Mordfalls mit den drei Toten herunter.

Es konnte unmöglich sein. Aber Roxanna hatte gelernt, dass sich gerade das Unmöglichste in ihrem Beruf als das Selbstverständlichste auf der Welt erwies.

Ihr Chef würde eine weitere Dienstreise nach Rom nicht genehmigen. Soviel war klar. Sie griff zum Hörer und versuchte, das zuständige italienische Polizeirevier zu

erreichen. Es glich einer Odyssee. Erst am späten Nachmittag war sie an der richtigen Stelle angelangt. Dann
aber war Roxanna sofort fasziniert. Ein halber Tag hatte
der italienischen Polizei ausgereicht, den Fall aufzuklä-
ren.

Das Opfer war ein Selbstopfer, ein gewisser Alessandro.
Er hatte sich vor vier Tagen als Nachtwächter in den
vatikanischen Museen anstellen lassen. Wahrscheinlich, um aus wertvollen alten Bücher für unbekannte
Auftraggeber bestimmte Seiten zu besorgen, indem er
sie kurzerhand mit einem scharfen Messer her-
austrennte.

Dieser Alessandro arbeitete mit seinem Zwillingsbruder
zusammen, der jedoch vor einigen Wochen durch einen
geöffneten Fahrstuhlboden zu Tode gestürzt war. Vermutlich hatte der letzte Alessandro bemerkt, dass man
ihm auf der Spur war. Kürzlich war ein Schreiben einer
vatikanischen Stelle im Polizeipräsidium eingegangen,
in dem über ein Bücherfrevel informiert wurde. Da es
galt, kein Aufsehen zu erregen, war man gerade dabei,
für die nächste Woche eine spezielle Observation der
vatikanischen Bibliothek einzurichten. Spätestens dann
hätte man diesen Kriminellen gefasst. Jetzt hatte er sich
selbst gerichtet, in Harakiri Art ein Messer in den Bauch
gerammt.

So muss es gewesen sein, Kollegen, sagte die Stimme
am anderen Ende. Wir haben absolut keinen Hinweis,
dass es noch eine andere Person am Tatort gab.

Aber warum lässt sich jemand als Nachtwächter in einer weltberühmten Bibliothek anstellen, stiehlt heimlich Bücherseiten und bringt sich eines Nachts theatralisch selbst um?

Vielleicht sein Gewissen, antwortete die italienische Polizeistimme.

Sehen Sie, dieser Alessandro war Katholik. Er trennt einige Seiten aus einem alten Kirchenbuch heraus. Gut. Nicht zum ersten Mal. Gut. Plötzlich sagt ihm sein Gewissen, dass er die katholische Kirche bestiehlt. Nicht gut. Gedanken von Fegefeuer und Hölle werden in seinem Kopf wach. Auch nicht gut. Reue. Gut. Zu spät? Was weiß ich, nennen Sie es Buße. Mit dem Messer, mit dem er die Bücher getötet hat, er hat ihnen doch die Herzstücke herausgeschnitten, mit diesem Messer bringt er sich um. Gut oder nicht gut. Aber so muss es abgelaufen sein.

Roxanna verstand, das heißt, sie verstand eigentlich nicht, nun gut, sie verstand doch. Die ganze Angelegenheit sollte so schnell wie möglich heruntergekocht werden. In Italien, besonders im Vatikan, hatte man großes Interesse daran, die Angelegenheit nicht noch mehr aufzubauschen. Ein theatralischer Selbstmord aus Reue, nachts am Ort des Frevels, hatte etwas Bußgewandtes, etwas Pathetisches an sich.

Selbstjustiz im ureigentlichsten Sinne. Außerdem hatte man für einen Mord tatsächlich keinerlei Hinweise. Und im Vatikan interessierte man sich nicht für irgendwelche kriminalistischen Theorien. Es galt, jedes Buch der riesigen Bibliothek vorsichtig, Seite für Seite, durchzublättern, herauszufinden, wo etwas fehlte. Außerdem gab es die nicht unerhebliche Frage, ob zwischen den fehlenden Seiten ein Zusammenhang bestand und - niemand wagte es zu denken - , ob hier etwa nicht ganz angenehme Teile der zurückliegenden Kirchengeschichte berührt wurden.

Zudem galt es, logistische Vorbereitungen zu treffen. Durch die Presseaufmachung würde sich die ohnehin schon immense Zahl der täglichen Museumsbesucher vervielfachen, viele würden kommen, den Schauplatz des seltsamen Geschehens in der Bibliothek zu sehen um sich dabei, in der Hitze des italienischen Spätsommers, einen angenehmen kühlen Schauer über den Rücken laufen zu lassen..

Hallo, sind Sie noch dran? Fragte die Stimme in einem schnellen italienisch.

Erst jetzt bemerkte Roxanna, dass sie noch in einem Telefongespräch mit Rom steckte. Ihre Gedanken hatten sie weit weggeführt. Sie war noch dran, gewiss, dran am Telefon, aber nicht mehr so dicht dran am Fall wie vorher. Alles war verworrener geworden.

Ja, Danke für Ihre Hilfe, sagte sie kurz.

Vielen Dank. Wenn Sie einmal in London Hilfe brauchen, rufen Sie uns einfach an. Wir werden uns revanchieren.

Wohl kaum, endete die Stimme in einem aufgesetzten Tonfall, oder haben Sie etwa in London auch so eine interessante Bibliothek?

Damit war das Gespräch beendet.

Abends suchte Roxanna Harrys Bar auf. Hier konnte sie am besten abschalten und kam ihr obendrein eine zündende Idee. Der dunkle Raum war kaum zur Hälfte besetzt. Sonderbar, überall leere Tische, in diesem Füllungsaggregat hatte sie Harrys Bar noch nie angetroffen.

Wie immer, Frau Kommissarin?

Vor Roxanna stand der Chef, höchstpersönlich, ließ es sich nicht nehmen, die Kommissarin zu begrüßen. An diesem Ort herrschte eine seltsame Symbiose aus Unterwelt und Oberwelt, und Harry, der Chef, war der von beiden Seiten uneingeschränkt anerkannte Mittler.

Sind weit herumgekommen, Rom, Italien, hab ich gehört. Und auf dem Rückweg ein Abstecher bei der trauten Familie in London, stichelte Harry.

Roxanna sah hoch. Sergeant Dudley, dieser Mistkerl, hatte sein Maul also nicht halten können. Hätte ihr vorher klar sein müssen. Morgen konnte er sich seinen Kaffee wieder allein kochen, oder doch Arsen?

Wie immer?, Frau Kommissarin, wiederholte der Wirt.

Sie versuchte einen müden Rettungsversuch:

Ich weiß ohnehin nicht mehr, wo ich bin und arbeite. Internationaler Fall, internationale Morde, Ermittlungen in Paris, Ermittlungen in London, Kontakt nach

Rom, die ganze Welt braucht mich. Als ob ich die Welt retten könnte.

Harry hörte nicht genau zu.

Wie immer, Frau Kommissarin? Wiederholte der Wirt stereotyp ein weiteres Mal.

Roxanna schüttete den Kopf.

Zehnmal wie immer, antwortete sie. Wie immer, ja, aber zehnmal.

Harry verstand nicht.

Bringen Sie mir eine Whiskyflasche, voll bis oben hin, befahl Roxanna, oder ich werde diese verdammte Spelunke schließen lassen. Und wenn die Flasche leer ist rufen Sie ein Taxi! Verstanden?

Erwarten sie Besuch? fragte der Wirt nach, ich meine, eine ganze Flasche! Ihr Frauen vertragt doch ohnehin kaum etwas. Ist übrigens wissenschaftlich nachgewiesen. Stand gestern in der Zeitung.

Ich bin mein Besuch, unterbrach Roxanna. Muss etwas mit mir besprechen.

Wenn dieser verrückte Sergeant Dudley für mich anruft sagen Sie ihm, er soll seinen Dienstrevolver nehmen und sich damit erschießen. Verstehen Sie? Das ist ein Befehl. Für Sie und für Dudley.

Harry stutzte.

Ärger?

Roxanna reagierte nicht direkt.

Wenn Dudley anruft, geben Sie ihm einen anderen Befehl. Er und Sergeant Henry sollen sich gegenüber aufstellen, jeder mit seiner Pistole, und gleichzeitig abdrücken. Das ist noch besser.

Harry schüttelte den Kopf. Offensichtlich hatte Roxanna bereits etwas getrunken. Die Befehle nach einer geleerten Flasche Whisky wollte er sich nicht vorstellen.

Für solche Fälle besaß er eine Whiskyflasche, die innen, ziemlich weit oben angebracht, eine Glasscheibe besaß, doppelter Boden, darunter war nur Wasser. Die meisten Betrunkenen merkten in ihrem Zustand nicht, dass die Whiskeyflasche nichts mehr hergab, obwohl sie noch zu dreiviertel gefüllt war. Er würde Roxannna eine dieser potemkinschen Flaschen hinstellen.

Keine ihrer Halbattrappen, verstehen Sie, Harry, Ihre Wassermorgana können Sie im Schrank lassen.

Harry nickte stumm. Für eine Besoffene konnte Roxanna noch erstaunlich gut denken - oder sie hatte sich in einen enthobenen Nirvanazustand getrunken, in dem sie mit Leichtigkeit die Gedanken Anderer lesen konnte.

Würde ich bei Ihnen niemals wagen, antwortete Harry. Sie sind eine Frau. Dazu noch Polizistin. Keine angenehme Kombination für einen wie mich.

Lassen Sie diesen Schmus und verschwinden Sie endlich!, sagte Roxanna ziemlich laut, ich habe mit mir zu sprechen.

Die Whiskyflasche war bereits zur Hälfte geleert, als das Handy klingelte. Roxanna fluchte. Sie hatte vergessen, dieses elende Teil, diese Inkarnation einer menschlichen Nervensäge, auszustellen.

Kommissarin Roxanna, Hallo?

Mühsam brachte Roxanna einige Worte hervor, der Anrufer reagierte schnell.

Ich halte an unserer Vereinbarung fest, sagte eine Frauenstimme. Der Informationsaustausch, wenn Sie verstehen.

Roxanna verstand sofort. Es war die Fremde, über eine Woche war sie in der Gewalt dieser Frau gewesen.

Gut, antwortete Roxanna. Sie brauchen nicht zu denken, dass ich untätig war. Für eine kurze Zeit waren Sie mehr als eine halbe Frau.

Wie meinen Sie das?

Sie waren die Frau von Alessandro. Und Sie waren auch die Frau von Alessandro. Zweimal eine halbe Frau. Für einige Wochen waren sie nur die Frau des letzten Alessandro.

Die fremde Stimme schluckte.

Ob Sie es glauben oder nicht, die ersten Jahre habe ich es nicht gemerkt. Durch einen dummen Zufall bin ich darauf gekommen. Dann habe ich beschlossen, das Spiel weiterzuspielen. Als der erste Alessandro starb, ging es mir nicht nahe. Wenn jemand genau hinsah, war er in den wichtigen Punkten der Liebe völlig anders als sein Zwillingsbruder. Aber ich habe ihn nach Hause gebracht. Die letzte Ehre. Sein Bruder konnte nicht einmal bei der Beerdigung sein.

Von diesem Zeitpunkt an tat er so, als sei auch er nicht mehr existent. Das hat mich sehr getroffen, verstehen Sie?

Ja, antwortete Roxanna, ich kann Sie gut verstehen. Und dann haben Sie sein Bild in einer italienischen Zeitung gesehen.

Tot, tot in der vatikanischen Bibliothek. Muss schlimm gewesen sein.

Wieder schluckte die fremde Stimme. Roxanna nutzte die Pause:

Hören Sie Alessia, lassen Sie sich nicht von Hass treiben. Vielleicht hat diese Michelle Denatielle den ersten Alessandro umgebracht. Wer weiß. Es kann auch ein Unfall gewesen sein, die Bodenluke des Fahrstuhls war versehentlich offen. Wir werden es niemals wissen. Aber Sie haben keinen Beweis, dass Michelle Denatielle ihren zweiten Alessandro auf dem Gewissen hat.

Sie waren wirklich nicht untätig, antwortete die andere Frau. Seit wann wissen Sie, dass ich und die fremde Frau dieselbe Person sind?

Schon einige Zeit, erwiderte Roxanna. Ich verstehe nur nicht, wonach Sie und Michelle Denatielle hinterher sind. Werde es herausfinden, Alessia, bestimmt werde ich es, bestimmt, ich werde es.

Es entstand eine lange Pause. Roxanna konnte nicht mehr sprechen. Während der ersten Minuten war sie für eine halbe Flasche Whisky erstaunlich gut beisammen gewesen. Jetzt drehte sich nur noch alles, und dieses Gespräch kam ihr unwirklich fremd vor.

Sie winkte Harry herbei und drückte ihm das Handy in die Hand. Dann sank sie vorne über, ihr war speiübel, in einem wellenförmigen Schwall übergab sie sich.

Harry fluchte. Während das Erbrochene auf seine Schuhe tropfte hörte er die Stimme am anderen Ende des Telefons.

Ist Ihnen nicht gut?

Doch, doch, erwiderte Harry. Ich meine, mir schon. Entschuldigen Sie bitte. Die Kommissarin hat mir einfach das Handy in die Hand gedrückt. Ich glaube, es geht ihr ziemlich dreckig.

Bestellen Sie ihr gute Besserung, sagte die Frau.

Von wem, ich meine, sie wird mich fragen, von wem? Wer weiß, ob sie sich an den Anfang Ihres Gespräches noch erinnern kann.

Sagen Sie von Alessia. Gute Besserung von Alessia. Mit wem spreche ich eigentlich?

Mit Harry, erwiderte der Mann. Bin Chef von Harrys Pub. Roxanna ist eine meiner besten Stammgäste.

Gut, erwiderte die Frau, dann merken Sie sich bitte noch etwas. Wenn die Kommissarin wieder beisammen ist, geben Sie ihr diese Nachricht. Wird Sie interessieren.

Einen Moment, warf Harry ein, ich werde sicherheitshalber mitschreiben.

Er holte Zettel und Stift und griff wieder zum Telefon.

Kann losgehen, sagte er hastig.

Schreiben Sie Folgendes: vergessen Sie die Woche im Haus von Madame Richaud - Wiederholung ausgeschlossen - empfehle Ihnen, in drei Tagen, also am 13. noch einmal zum Haus zu fahren. Wird diesmal ein kurzer Besuch werden.

Harry schrieb emsig mit.

Welches Haus meinen Sie, soll ich nicht die Adresse notieren? Hören Sie, ist es nicht besser, die Anschrift aufzuschreiben, ich meine nur.

Es war zwecklos. Das andere Ende der Leitung war jetzt tot wie eine drei Tage alte Leiche. Die Frau hatte einfach aufgelegt.

Ab jetzt überschlugen sich die Ereignisse.

Einige Tage später, es war an einem Donnerstag, saß Roxanna in ihrem miefigen Büro. Sergeant Dudley kam herein.

Telefon für Sie, leider in meinem Zimmer.

Dann stellen Sie durch, antwortete Roxanna unwirsch.

Sie wissen, dass ich mit der Anlage nicht klarkomme. Ist besser, wenn Sie rübergehen, bevor ich das Gespräch wegdrücke.

Sie bleiben hier, befahl Roxanna und eilte über den Gang.

Hallo Kommissarin, hier spricht Harry.

Roxanna war überrascht.

Was ist los? Habe ich eine Woche lang vergessen, bei Ihnen etwas zu trinken?

Nein, stotterte Harry. Ist nur wegen letztem Mal.

Was war letztes Mal, war doch wie immer. Nur ihr Laden war ein bisschen leer.

Harry merkte, die Kommissarin hatte alles vergessen. Er konnte das Gespräch jetzt mit irgendeiner Belanglosigkeit beenden. Doch es schien ihm nicht ratsam.

Da hat eine Frau für Sie angerufen. Alessia oder so.

Roxanna wurde hellwach.

Was wollte sie?

Gut, sagte Harry. Ich erzähle Ihnen alles. Aber Sie müssen versprechen, dass Sie mir nicht den Kopf abreißen und mein Stammgast bleiben.

Tun Sie nicht so ängstlich, Harry, was ist passiert?

Ich sollte ihnen etwas übermitteln. Hab's total verschlafen. Naja, ich musste doch die Kotze wegwischen und Sie nach Hause fahren lassen.

Was meinen Sie eigentlich, Harry?

Schon gut, erwiderte der Mann. Jedenfalls sollte ich Ihnen mitteilen, dass Sie am 13. zu dem Haus von einer Frau fahren sollten. Sie wüssten schon Bescheid und Sie brauchen keine Angst zu haben, sagte diese Alessia. Würde diesmal ein kurzer Besuch werden.

Roxanna verstummte. Heute war bereits der 15.

Werde schon Stammgast bleiben, fluchte Roxanna ins Telefon, Sie haben leider den besten Whisky. Aber beim nächsten Mal werde ich Ihnen eigenhändig Ihren verdammten Kopf abreißen. Wozu brauchen Sie Ihren Dickschädel, wenn alles wie im Sieb durchrauscht.

Harry wurde noch kleinlauter, obwohl, die Kommissarin würde sich wieder beruhigen. Er kannte sie zu gut.

Sagen Sie mir, wenn Sie das nächste Mal kommen, flüsterte er. Ich nehme dann frei. Hab´ so viele Muskeln, dass unter meinem Arm kein Platz ist, um einen abgerissenen Kopf zu tragen.

Schon gut, Harry, einen Monat Getränke gratis, ist wohl das Mindeste.

Sagen wir, alles was über zwei Whiskys hinausgeht, verhandelte Harry. Glauben Sie mir, ich muss auch leben.

Einverstanden, erwiderte Roxanna, wollte das Trinken sowieso herunterfahren. Sonst ist mein Schädel bald auch ein Sieb wie Ihr Gedächtnisklumpen.

Damit war das Gespräch beendet.

Roxanna rannte in ihr Büro zurück, kramte das Wichtigste zusammen, warf Sergeant Dudley Undefinierbares an den Kopf, der daraufhin nur etwas von einer privaten Dienstreise erwiderte und Roxanna machte sich auf die lange Fahrt zum Haus der Madame Richaud.

Sie haben Glück, sagte der fahle Arzt. War mein Hobby gewesen.

Roxanna pflichtete ihm bei. Innerhalb kürzester Zeit war der Gerichtsmediziner zur Stelle. Man spürte, dass der Tod an jeder Faser dieses Mannes klebte. Erschrecken konnte ihn nichts mehr.

Ich werde Ihnen etwas zeigen, sagte er, vorausgesetzt, Sie möchten es und haben starke Nerven. Aber kotzen Sie mir nicht den Anzug voll. Wäre nicht das erste Mal.

Roxanna nickte. Der Arzt holte eine Taschenlampe und drückte sie der Kommissarin in die Hand.

Leuchten Sie genau auf den Mund, befahl er, besonders, wenn ich die Kiefer auseinandergedrückt halte.

Seine behandschuhten Arme drückten die erstarrten Kieferknochen der Toten auseinander, zwei Finger verschwanden im schwarzen Rachen. Als sie wieder zum Vorschein kamen, hielten sie ein seltsames Gebilde in der Hand.

Schon einige Tage verwest, sagte der Arzt und zeigte auf den rundlichen Gegenstand. Ein Schlangenkopf, mit ein wenig Fantasie können Sie alles erkennen.

Roxanna wurde übel. Doch der Arzt sah sie scharf an.

Keine Kotze, sagte er, alles kann ich ausstehen, nur keine Kotze. Oder sagen Sie mir wenigstens vorher, was

Sie in den letzten Stunden gegessen haben, damit ich mich darauf einstellen kann.

Schon gut, antwortete Roxanna karg. Gewiss möchten Sie mir etwas erklären.

Der Arzt bückte sich und hob ein geschlängeltes Gebilde vom Boden auf.

Der Rest, erklärte er. Sehen Sie, diese Schlangen sind mein Hobby. Es kennt sie kaum jemand. Sind ausgesprochene Nachtjäger, auf menschlichen Speichel trainiert. Alte Kunst, nur wenigen Eingeweihten vertraut. Sie setzen das Ding im Zimmer aus und brauchen nur zu warten. Die schwarze Schlange sucht sich ihr Opfer nachts im Schlaf, ist doch rücksichtsvoll. Das Opfer spürt nichts. Das Tier kriecht den schlafenden Leib hoch und wartet, bis der Ruhende seinen Mund öffnet. Passiert nicht oft im Schlaf, aber es passiert. Mal macht jeder im Schlaf seinen Mund auf. Alte Menschenkrankheit.

Wenn es wenigstens Menschen gäbe, die nachts ihre Klappe halten könnten, dachte der Arzt. Er musste an eine bestimmte Person gedacht haben.

Jedenfalls im selben Moment stößt sie blitzartig in den Rachen vor und verbeißt sind sich im hinteren Gaumenbogen. Das Opfer ist sofort tot. Und die Kiefer fallen wie eine Guillotine nach unten. War im Mittelalter eine beliebte Methode. Niemand sucht im Mund eines Verstorbenen nach einem Schlangenkopf. Der abgetrennte Körper des Reptils ließ sich am nächsten Morgen leicht beseitigen, damit waren alle Spuren verwischt.

Roxanna verstand. Vor ihr lag diese Michelle Denatielle im Haus der toten Madame Richaud. Durch eine kaum bekannte mittelalterliche Prozedur zu Tode gekommen. Michelle Denatielle hatte sich doch für das Mittelalter interessiert und besonders für einige Aufzeichnungen aus der vatikanischen Bibliothek. Diese Fremde, Alessia, hatte Wort gehalten mit dem Informationsaustausch und die Kommissarin zum Tatort geschickt.

Vielen Dank, Doc, sagte Roxanna. Ich muss noch einen anderen Ort aufsuchen. Liegt zwar nicht in Ihrem Distrikt. Mir wäre aber lieb, wenn Sie mich begleiten würden.

Der Arzt nickte. Werde einen Dienstreiseantrag stellen und Sie morgen informieren. Hat es Zeit bis morgen?

Roxanna bejahte. Ich denke schon!

Wenn ihre Theorie stimmte, war es ohnehin zu spät oder besser gesagt, immer noch rechtzeitig. Sie würde das Appartement von Michelle Denatielle morgen aufsuchen. Nicht über den Fahrstuhl, das war zu gefährlich. Sie hatte das untrügliche Gefühl, diesen seltsamen Arzt mit seinem Spezialwissen besser bei sich zu haben.

Roxanna war bereits eine Woche wieder in der Dienststelle, als ihr Chef aus dem Urlaub zurückkehrte. Am ersten Tag war er für nichts ansprechbar, musste sich erst ein Bild von allem machen, was in seiner Abwesenheit geschehen war. Soviel war klar. Aber am nächsten Tag würde das Unwetter über sie hereinbrechen. Sie hatte nicht einmal einen neuen Mordfall, um sich für einige Tage zwecks Ermittlungen aus dem Dunstkreis ihres Chefs zu entfernen. Nicht einmal auf die Verbrecher war Verlass. Brauchte man sie, ließen sie einen im Stich.

Na Kollegin, morgen geht es aufs Schafott.

Sergeant Dudley grinste hämisch und Sergeant Henry schloss sich ihm willig an. Henry lief in die kleine Küche und kam mit einer frisch duftenden Pizza zurück. Dudley holte einen soeben aufgebrühten Kaffee.

Thunfischpizza mit schwarzem Kaffee, Ihre Henkersmahlzeit, spöttelten beide im synchronen Tonfall. Sie hatten offensichtlich alles präzis inszeniert.

Roxanna machte sich über die Mahlzeit her. Sie hatte das Essen gerade beendet, als die Tür aufflog. Ihr Chef stürzte hinein, wutentbrannt, glühendes Gesicht. Und er wollte sie sofort sprechen, am ersten Tag seiner Rückkehr. Das alles verhieß nichts Gutes.

Wie ein Opferlamm schlich Roxanna aus dem Büro, ihr Chef einem wild gewordenen Stier gleich, ihr hinterher, während Dudley und Henry mit staunenden Augen der Prozession folgten.

Chefinspektor Clanough war ein alter Bär, normalerweise verströmt er seine Ruhe über die gesamte Dienststelle und drohte, alles in Lethargie versinken zu lassen. Heute glich er eher einem Bären, der das Fell vergessen und in einem solch erbärmlichen Zustand versucht hatte, ein Honignest auszuplündern.

Sie müssen verrückt geworden sein, fauchte Clanough. Was heißt verrückt? Durchgeknallt! Ausgerastet!

Roxanna schwieg.

Sie fahren ohne Dienstgenehmigung in ein fremdes Land! Sie informieren nicht die Polizei vor Ort! Sie verschleppen einen Gerichtsmediziner außerhalb seines Distrikts!

Er wollte vorher eine Dienstreise beantragen, warf Roxanna entschuldigend ein.

Vorher beantragen? Sie haben doch Menschenkenntnisse! Dieser Arzt ist der durchgeknallteste Typ, der existiert! Sogar ich habe von ihm gehört! Da wollen Sie mir weismachen, Sie haben allen Ernstes seinen Worten geglaubt?

Roxanna schwieg erneut.

England, Italien, Frankreich, wissen Sie eigentlich, dass es in Europa immer noch Grenzen gibt? Unsichtbare!

Aber viel gefährlichere als die sichtbaren! Sie setzen sich einfach über alles hinweg!

Roxanna schwieg weiterhin.

Und das, obwohl sich alles um den Vatikan dreht! Haben Sie eine Ahnung, was daraus entstehen kann? Fehlte nur noch, dass Sie das bürokratische Germany verwickelt hätten! Nicht auszudenken!

Roxanna hielt es für besser, den Redeschwall über sich ergehen zu lassen und weiter abzuwarten.

Plötzlich schlug die Stimmung um. Chefinspektor Clanough war durch und durch Kriminalist. Jetzt kam sein Interesse zum Vorschein, wie Roxanna den Fall gelöst hatte. Die Kommissarin witterte sofort den Umschwung.

Wie haben Sie gewusst, dass Sie diese Alessia im Appartement der Michelle Denatielle finden werden?

Instinkt, erwiderte Roxanna, und Erfahrung, zehn Jahre Erfahrung unter Ihrer Leitung.

Das war dicker Honig und der alte Bär Clanough lächelte.

Und diesen verrückten Doc, den können Sie doch nur mitgenommen haben, wenn Sie wussten, dass Alessia auf dieselbe Art zu Tode gekommen war.

Richtig kombiniert, pflichtete Roxanna bei.

Trotzdem bleiben viele Fragen offen, fuhr Clanough fort. Wer hat die beiden umgebracht? Wir müssen unbedingt einen Mörder präsentieren.

Sie haben sich gegenseitig beseitigt, antwortete Roxanna. Ich gehe davon aus, dass sie zur gleichen Zeit auf das alte Geheimnis dieser seltsamen Liquidation gekommen sind. Jeder wusste von der Anderen, wann sie sich wo aufhielt und hat dort diese tödliche Waffe versteckt.

Nun gut, wenn es so gewesen ist, verstehe ich noch nicht den Beweggrund der beiden Frauen.

Ich auch nicht. Roxanna dachte nach. Beide waren am Mittelalter interessiert. Beide interessierten sich für die vatikanische Bibliothek. Beide müssen zur selben Zeit auf dasselbe Geheimnis gestoßen sein.

Die Sache mit den schwarzen Schlangen war nur eine Nebensächlichkeit. Denke ich. Sie gehörte zwar dazu, stand aber nicht im Vordergrund.

Haben Sie die alten Seiten aus den Vatikanbüchern gefunden?, fragte Clanough, möglicherweise liegt hier das Geheimnis verborgen.

Einen Teil, erwiderte Roxanna. Sie sind bereits zurück in Rom, um die Italiener und die Kurie zu besänftigen.

Wie ich Sie kenne, haben Sie Kopien angefertigt.

Roxanna nickte und griff in ihre Tasche.

Ich fand die Geschichte von einem Propst und seiner Konkubine, einer Zigeunerin, pardon, einer einfachen Zofe. Alte Dreiecksstory, denn der Diener des Propstes war ebenfalls in die Zofe verknallt. Zum Ende seines Lebens hat der Propst die Konkubine erledigt, er gönnte sie seinem Diener nicht.

Mit einer Schlange, unterbrach Clanough gebannt?

Nein, er hat sich einfach mit seinem massigen Körper auf die Frau gelegt und sie gewissermaßen erstickt. Aber der Propst, er kam durch eine schwarze Schlange um.

Beide Frauen kamen aus guten Verhältnissen. Nehmen wir folgendes an:

Keine musste arbeiten. Sie hatten ausreichend geerbt. Beide betreiben aus Langeweile Ahnenkunde und stoßen auf dieselbe Geschichte.

Wäre einleuchtend, entschied Clanough, aber es fehlt die Querverbindung.

Warten Sie, unterbrach Roxanna. Sie finden zufällig heraus oder jemand steckt es ihnen, dass sie von diesen Linien abstammen. Zum Beispiel diese Michelle Denatielle stellt fest, dass sie aus der Linie des Propstes kommt und diese Alessia stellt fest, dass ihre Linie vom Diener abstammt.

Chefinspektor Clanough schüttelte den Kopf: Ich verstehe überhaupt nichts mehr.

Nur eine Vermutung, Chef, fuhr Roxanna fort. Also jemand steckt den beiden Frauen den Zusammenhang zwischen ihren Linien, wiederholte Roxanna.

Vielleicht der Pizzabote, warf Clanough ein.

Nicht so abwegig. Ich habe das Gift aus der Pizza analysieren lassen. Es ist derselbe Stoff, mit dem schwarze Schlangen töten. Aber lassen wir das, ich meine, wer und aus welchem Grund den beiden Frauen den Zusammenhang zwischen ihren Linien gesteckt hat.

Jedenfalls, wenn meine Theorie stimmt, müssen sie davon erfahren haben, etwa zur gleichen Zeit. Dann wäre es verständlich, dass Michelle Denatielle späte Rache an Alessia nimmt. Denn Alessia war Nachkomme des Dieners, der mit ziemlicher Sicherheit die schwarze Schlange auf den gelähmten Propst angesetzt hat.

Interessante Theorie, staunte Clanough. Und Alessia hatte als Nachfahre des Dieners Interesse, späte Rache an Michelle Denatielle zu nehmen. Michelle war doch Nachkomme von diesem Propst und der war dafür verantwortlich, dass ihr Urahn zum Mörder geworden war, weil der Propst die heimliche Geliebte des Dieners getötet hatte.

Verworrenen, einfach verworrenen, schüttelte Clanough den Kopf. Und meinen Sie allen Ernstes, dass zwei Frauen wegen solch alter Geschichten plötzlich aneinander Rache nehmen? Das ist doch längst verjährt.

Dann könnte bald jeder Grund haben, irgendeinen umzubringen. Wer weiß, wie wir alle zusammenhängen.

Frauen sind unberechenbar, antwortete Roxanna. Es sind schon Menschen für Belangloseres zur Strecke gebracht worden. Vielleicht war alles auch ganz anders. Die Frauen sind hinter das Geheimnis der schwarzen Schlangen gekommen, haben sich die Viecher besorgt und sind zufällig gleichzeitig Opfer ihres gefährlichen Spielzeugs geworden. Der Pizzabote wollte aus Habgier Madame Richaud umbringen und hat in seiner Aufregung versehentlich in die verkehrte Pizzahälfte gebissen.

Und beim Anblick seines Todes ist die liebe Madame Richaud aus Kummer und Qual über den verlorenen Liebhaber gestorben. Wie in einem guten Märchen? fragte Clanough sarkastisch

Ja, bestätigte Roxanna, genauso.

Dann ist aber auch der erste Alessandro wirklich nur das Opfer eines tragischen Unfalls gewesen, als er durch die geöffnete Bodenluke des Fahrstuhls stürzte. Und sein Zwillingsbruder ist nachts in der Bibliothek rein zufällig auf Michelle Denatielle gestoßen. Eigentlich rechnete er damit, Alessia wiederzutreffen, denn sie hatte den Job seines Bruders übernommen. Stattdessen sieht er sich Michelle Denatielle gegenüber, ist völlig durcheinander, fühlt sich entlarvt und stößt sich heldenhaft selbst das Messer in die Brust.

Clanough schlug mit einem heftigen Knall den Aktendeckel zu.

Lassen wir die Toten ruhen, sagte er. Entweder hat sich jeder selbst umgebracht, dann brauchen wir keinen Mörder mehr zu suchen. Oder einer hat den anderen beseitigt. Alle sind tot, jeder hätte seine Strafe erhalten.

Einverstanden, erwiderte Roxanna. Jetzt entschuldigen Sie mich bitte.

Sie hatte es eilig, denn sie wollte die Kopien der alten Buchseiten weiter studieren. Selbst wenn es ohne Bedeutung war, vielleicht fand sie hier doch noch die Erklärung, wie alles wirklich zusammenhing.

Mich lassen Sie mit dem Desaster allein, rief ihr Clanough hinterher. Die Presse, Politiker, der Polizeipräsident, ich soll alles auf meine alten Schultern nehmen?

Dafür stehen Sie einige Gehaltsgruppen über mir.

Roxanna drehte sich um: Wenn alles vorbei ist, lade ich Sie ein. In Harrys Bar. Dort gibt es den besten Whisky.

Clanough fühlte sich geschmeichelt. Er sah sich bereits mit einer gutaussehenden vitalen Vierzigerin an einer Bar und genoss die eifersüchtigen Blicke der anderen Männer. Obendrein würde Roxanna den teuren Whisky bezahlen.

Roxanna lächelte. Sie konnte in den Augen ihres Chefs lesen. Und der wusste bestimmt nicht, dass sie die ersten beiden Whiskys frei hatte. Mehr zu trinken war ohnehin nicht gesund. Davon würde sie Clanough noch überzeugen. Das Geheimnis des Kostbaren liegt in seiner Seltenheit versteckt. Zwei war eine seltene Zahl im Vergleich zu den astronomischen Zahlen, die seit den letzten Jahren überall auf der Welt kursierten.

ENDE

Biographisches Nachwort

Renier-Fréduman Mundil (Pseudonym) war über vierzig Jahre Arzt. In dieser Zeit galt es, manche Schlacht zu schlagen, auch ohne Soldat zu sein. Schlachten gegen den Tod. Mit Sieg oder Niederlage als Ausgang oder Remis in Form einer Vertagung , gewissermaßen bis zum Wiederholungsspiel.

Hat der Tod die Schlacht verloren kann man hundertprozentig sicher sein, dass er bei einer uns nicht bekannten Stelle ein Wiederholungsspiel beantragen wird. Kein sehr fairer Verlierer. Auch der Mensch neigt zu solchen Wiederholungsspielen. Der erste Weltkrieg wurde von einer Seite verloren, irgendwann waren genügend mit dem Ergebnis derart unzufrieden, dass kurzerhand ein zweites „Spiel" angefangen wurde, selbst wenn der Gegner nicht antreten wollte und auf das ursprüngliche Ergebnis bestand. Leider entsteht heutzutage der Eindruck, dass immer mehr mit dem (Spät-)Ergebnis des zweiten, des „Wiederholungsspiels", unzufrieden sind und leider auch alle unguten Dinge drei sind.

Aber geben wir uns besser nicht weiter solchen Gedanken hin. R.-F. Mundil ist ebenso über vierzig Jahre verheiratet, hat 24 Kinder (vier eigene, vier Schwiegerkinder und sechszehn Enkelkinder), womit die Zahl der Kinder endlich die Geburtstagszahl eines herbstlichen Monats erreicht hat, in dem er geboren wurde.

Ein Körper lässt sich zu 50% aus chemischen Prozessen und zu 50% aus physikalischen Abläufen erklären, teilt man die Prozesse bis in die Nanomechanik auf, wogegen sich auch die Kriminalistik irgendwann nicht mehr sträuben kann. Deshalb sollte ein brauchbarer Kommissar ebenso ein guter Chemiker und ein guter Physiker sein. Der Rest vom Ganzen, die Seele, die, um im kriminaltechnischen Jargon zu bleiben, vom Tod aus dem Gefängnis eines unvollkommenen Körpers befreit wird, versteht ohnehin niemand, keine Naturwissenschaft, keine Geisteswissenschaft und auch die Religion nicht. Dieser Seelenrest lässt sich nur durchs Leben verstehen. Vermutlich, auch wenn es in letzter Konsequenz grausam klingt, am besten durch das Ende, den letzten Schritt des Lebens. Ein Mord, wie er Kriminalgeschichten oft zugrunde liegt, ist u.a. deshalb verwerflich, weil er das Leben oft in Bruchteilen von Sekunden beendet und ihm die Chance nimmt, im letzten Schritt (Sterben) das Kostbarste, die Seele, zu Ende zu verstehen. Aber keine Sorge, die Seele ist nicht zu zerstören, egal welche Waffe der Tod auffährt, sie ist unsterblich, geht uns nicht verloren. Deshalb können nach dem letzten Schritt des Lebens auch wir uns nicht verloren gehen. Lassen wir das, es fängt an, zu kompliziert, wie in einem verstrickten Kriminalroman, zu werden.